ティアラ文庫溺愛アンソロジー⑥

ギャップ萌え！

宇奈月 香

水戸 泉

川奈あめ

イチニ

石田 累

プランタン出版

もくじ

※本作品の内容はすべてフィクションです。

女騎士隊長の守役
宇奈月 香　イラスト／コトハ

青く澄み渡った空に、円形闘技場を埋める観衆の大歓声が響く。

この日、プレディア帝国建国を記念した祭典の目玉でもある【グランゼロ】による親善試合が行われるとあり、会場には早朝から大勢の市民が集まってきていた。

足を鳴らし、彼らが待ちわびているのは、もちろん白き甲冑を纏ったプレディア帝国最強騎士【グランゼロ】だ。

騎士の頂点に立つ者だけが身に着けることを許されている白の甲冑は、決して血に染まらないという強さの証。

人々の興奮を煽るように強い風が吹き、砂埃が舞い上がる。

重々しい鉄柵がゆっくりと引き上げられると熱狂は最高潮となり、彼が現れた。

地面が割れるほど会場中が興奮に沸く様を横目に、ブリジットは父オルタームム公爵の隣で俯いたままぼんやりとしていた。

(――こんなところに来る気分でもないのに)

最愛の家族を失ったばかりのブリジットにとって、歓喜の声もただの騒音にしか聞こえない。上げるつもりのない顔を起こしたのは、視界の端にちらりと金色のものが映り込んだからだ。

(何だろう?)

虚ろな眼差しで闘技場の中心を見る。そして、【グランゼロ】の意外な風貌に目を瞬かせた。

（女の人……？）

陽光に煌めく金色の髪をした騎士は、神話に出てくる女神を彷彿とさせた。すらりとした体軀に、金色の長い髪が風に揺れている。それは、本当に戦場を駆ける騎士なのかと思うほど艶めいていた。

（あの方が【グランゼロ】）

はじめて見た騎士の頂点に立つ存在に、ブリジットの視線は釘付けになっていた。

【グランゼロ】の放つ圧倒的な気迫に肌が粟立つ。

やがて、また重々しい鉄柵が開き、鎖に繋がれた闘犬が五頭入ってきた。興奮しきっているのは、一目でわかった。獰猛な目をぎらつかせ、涎を垂らしながら【グランゼロ】にうなり声を上げている。

（あんなに何匹もいるのに、無理よ）

不安になるブリジットを尻目に、観覧席にいた皇帝が開始の合図を送った。その直後、闘犬たちを繋いでいた鎖が解き放たれた。

犬たちは猛然と獲物へ向かって走り出す。

しかし、【グランゼロ】は抜刀することも、構えることすらしない。

闘技場に悲鳴と声援が響く。ブリジットは見ていられなくて、手で顔を覆った。

そのときだ。

悲鳴が歓声に変わった。

【グランゼロ】は先陣を切ってやってきた一匹を後列の犬目がけて蹴り飛ばし、飛びかかってきた犬の脇腹に拳をたたき込んだ。悲痛な声を上げて、犬が地面に次々と沈んでいく。

残りの二匹は、【グランゼロ】に襲いかかるのをやめ、体勢を低くしながら出方を窺うようになった。一匹が飛びかかってきたのを軽やかに除け、そのまま二匹目も避ける。その様は演舞を見ているかのように華麗だった。まるで甲冑の重さを感じていないかのような身のこなしに、目が離せない。鉄柵の向こう側には犬を放った男が忌々しげに立っている。

すると、【グランゼロ】は指で男を手招きし、挑発した。

男は腰に下げていた剣を抜き、【グランゼロ】に斬りかかる。そこで、はじめて【グランゼロ】も抜刀し、男を迎え討った。

【グランゼロ】の剣は男のものより、ずっと刀身が細い。とてもではないが、剣闘士の剣を受け止められるとは思えなかった。

相手が二頭と一人になっても、【グランゼロ】は怯(ひる)まない。

終わってみれば、圧倒的だった。

【グランゼロ】が剣を向けたのは、男だけ。犬たちは打撃だけでたたき伏せた。

闘技場に立っているのは、【グランゼロ】のみ。その白き甲冑には血飛沫ひとつついていなかった。

その壮麗な姿に誰もが言葉を失う。

闘技場が一瞬の静寂に包まれた。

「見事だった」

皇帝の拍手を皮切りに、再び会場が歓声と熱気に包まれると、【グランゼロ】が兜を取り、優雅に一礼した。遠目からでも端整な顔立ちは見て取れた。

（なんて綺麗な人なの）

今日の空のような蒼穹の瞳は、自信に満ち溢れている。

いつの間にか立ち上がっていたことすら気づかなかったくらい、ブリジットは【グランゼロ】の勇姿に夢中になっていた。

自分の中で燻っていたものに光明が差した。

「ブリジット？」

オルターム公爵が気遣わしげな声で問いかけた。

「お父様、私――。私、将来は騎士になりますわ!!」

「え？　えぇ――っ!?」

――あれこそ、私が求めていたものだ。

プレディア帝国首都ダモーロには、毎年、帝国最強の騎士団に入隊するべく国中から腕に自信のある者が大勢集まってくる。

騎士団の間口は広く、身分や年齢は問わない。その分、道のりは極めて厳しい。過酷と言っても過言ではなかった。

入隊前の訓練期間はおよそ一年。

一ヶ月で半数が挫折し、半年でさらに半数になり、最終試験後に十五人残れば順当だと言われる超難関だ。

騎士団は現在、皇帝を騎士団長とし三十三小隊で編成されている。

しかし、最強の称号を持つ【グランゼロ】は現在空位となっている。

最後の【グランゼロ】が消息を断って、二年が過ぎた。

空位を埋める声も上がっているが、皇帝はなぜか新たな【グランゼロ】を立てようとしない。

「当然だ！【グランゼロ】様を超えられる者がそうそう現れてたまるものか。金色の髪をたなびかせ、襲いかかる闘犬たちを軒並みたたき伏せただけでなく、巨体の剣闘士まで打ち負かした勇姿は、まさに神話の戦士そのものだったんだぞ。あぁ、私は【グランゼロ】様が必ず戻ってきてくださることを信じております」

胸の前で手を組み、祈るように【グランゼロ】への敬愛を締めくくったのは、十八歳になったブリジットだ。

一番摘みの紅茶のように明るい茶色の髪を襟足が見えるまで短く切りそろえ、大海原を彷彿とさせる青い大きな瞳は、いつも情熱に満ちている。騎士団の隊服であるコバルトブルーの制服を纏う体軀は華奢で、背丈も低い。赤く熟れた小さな唇が饒舌に語る【グランゼロ】愛を、後ろをついて歩いていた部下の男二人は慣れた様子で聞き流していた。

「ブリジットちゃん、今日も絶好調ね」

「ローラン。私のことはブリジット隊長と呼ぶよういつも言っているだろう。他の者たちに示しがつかない」

「他の者って、もしかしてバスチアンのこと？」

ブリジットより長身のローランは、綺麗な顔立ちをこてんと傾げ、隣を歩く巨体の男を手入れしたてのほっそりとした指で差した。背中を覆う金色の髪は令嬢たちよりも美しく、長い睫が美しい顔立ちをさらに際立たせ、妙な色香もあるのに、これで歴とした男だというのだから、人間とは恐ろしい。いや、この場合はローランか。

ブリジットはバスチアンを見遣り、「違う」と苦笑した。

朴訥（ぼくとつ）とした男は、目が合うと小さく黙礼した。

「他の隊の者たちだ。せめて、外では隊長と呼ぶように」

諭すように言えば、「はぁい」と軽やかな返事があった。

（まったく）

この会話も数え切れないほどしているが、ローランは一向に改める気配はない。だが、彼がブリジットを隊長と呼びたくない気持ちも痛いほどわかるため、毎回この程度の注意しかできない。

ブリジットが隊長を務める第三十三小隊は、ブリジットが騎士団に入隊した年に新設された。

隊長は騎士になりたてのブリジット、隊員は三名。ローランとバスチアン、そしてブリジットの父オルタームス公爵が守役（もりやく）として連れてきたサミュエルだ。

この隊は第二騎士団隊長を務める父オルタームス公爵の私欲で作ったと、まことしやかに囁かれているが、事実その通りである。

ブリジットが本気で騎士を目指していると知ったオルタームス公爵は、あの手この手で妨害してきた。嘘の入隊試験の日付を伝えてきたり、仮病を使って入隊試験に行かせまいとしたりと手段は姑息だった。最後は泣き落としにまであった。

しかし、入隊してからは、一転してブリジットにだけ過酷な試験を課した。あえて訓練を受けさせないという暴挙にも、ブリジットはめげなかった。教官や同期に煙たがられても、無理やり訓練に参加し続けた。おかげで随分と面の皮は厚くなったし、打たれ強くもなった。

一年後、ブリジットが最終試験に合格すると、オルターム公爵は隊を新設し、その隊長に任命したのだ。

新米騎士が新設された隊の隊長に任命されたことに眉を顰めるひそ者もいたが、隊の実情を知った途端、不満はぴたりと止んだ。

第三十三小隊は、騎士団から「あくた場」と呼ばれている。各小隊で問題を起こした者が行き着く場所であり、隊の任務内容を鑑みても、ここに入ったら二度と昇進は望めないと言われているせいだ。

かくいうローランは、美貌がもとで起きた痴情のもつれが原因で諜報部隊から。バスチアンは対人関係が理由で第四小隊から追い出されている。

第三十三小隊の任務内容は、もっぱら貧困層が暮らす区域の見回り、城の掃除と、よほど騎士らしくない内容ばかり。今も厩舎の掃除を終えた帰り道だった。

ローランは「馬の匂いがつくから、私は監視役ね」と、さっさと厩舎外に積まれているわらの束の上で爪の手入れをはじめ、バスチアンに至っては黙々と馬糞の回収や、わらの交換をしていた。ブリジットはサミュエルと二人で馬の手入れを担当するはずだったのだが、サミュエルが雲隠れしてしまったため、今日は一人だった。馬は好きだが、なぜかいつもブリジット一人だと馬に髪や服を引っ張られてしまう。

ローラン曰く「懐かれてる証拠じゃない」と言うのだが、絶対に嘘だ。

現に馬は、見かねたローランが手入れをしはじめると、一切邪魔をすることがなかったからだ。

まさか、馬にまで見下されているとは。

だが、この程度の侮辱など、人間たちからの陰湿なものに比べれば可愛いものだ。ブリジットが女であること、オルターム公爵の威光を笠に着ていること、すべてが気に入らない騎士は多い。苦労をして騎士となった者からすれば当然の不満だということも身に染みている。

だが、ブリジットに言わせれば「それが何だ」だ。

女に負けるのが悔しいのであれば、鍛錬に励めばいい。身分の差を嘆くなら、手柄を立て、名を上げたらいい。

できないことを並べ立てるだけなら、誰でもできる。

(そんなことで挫(くじ)けたりしないんだから)

「それで、サムはどこへ行ったんだ」

そもそも、サミュエルがいてくれれば、もっと早くに掃除が終わっていたのだ。内容がどうであろうと任務なら全力で当たるべきではないのか。それをサボるなんて、見つけたらみっちり叱ってやらないと。

「さぁ?　どこかで昼寝でもしてるんじゃない。今日はこんなにいいお天気なんだし、私たちもお出かけしたいわぁ」

美味しいお茶が飲みたぁい、とブリジットにすり寄ってくる麗人の奔放さに困った顔をしたときだ。

「――……から、三十三隊は――だろ」

渡り廊下を歩いているブリジットたちの耳に、険のある声が届いた。

声のする方を見れば、騎士にあるまじき猫背の後ろ姿が見える。痩躯で貧弱そうな体型に、真っ白の髪をしたサミュエルはどこにいても悪目立ちした。

（あいつは、また……）

「あら、サムじゃない」

そんな風体だからか、サミュエルは他の騎士たちとよく衝突していた。もっとも絡んでくるのは相手からで、サミュエルはもっぱら被害者だ。のらりくらりと話をはぐらかす言動が、余計に相手を苛立たせる一因になっているのを本人は果たしてわかっているのだろうか。

だが、見てしまった以上は放っておくわけにはいかない。

「うちの隊員が何かしたか？」

声を張り上げ、ブリジットは足早にサミュエルたちへ近づいていった。

振り向いたサミュエルは重たい前髪で顔の半分を隠しているので、たいがい何を考えているのかはわからない。だが、唯一見える口がブリジットを見るなり嫌そうにへの字に曲がった。

反対に、因縁をつけていた騎士たちは口端を上げてほくそ笑んだ。

「これはこれはあくた場……いや、三十三小隊長殿。今日はどのような任務だったのですか？」

にやにやと笑う騎士に、「厩舎の掃除だ」とブリジットはにべもなく答えた。

すると、二人の騎士たちは顔を見合わせ、大笑いした。

「騎士団にいながら厩舎の掃除かよっ。惨めだなぁ、俺だったら耐えきれずに辞めてる！」

「おいおい、仕方ないだろう。公爵様のご令嬢がここでできることといえばそれくらいしかないんだから。あとは卑怯者の【グランゼロ】様への敬愛話か」

ここぞとばかりに、ブリジットを侮蔑する言葉に容赦はない。

ブリジットは「ふむ」と手を腰に当てた。

「お前たち、私を愚弄すると何かいいことがあるのか？」

首を傾げて、騎士たちを見上げた。

「確かに私は父の威光でこの立場にいる。しかし、それの何が悪いのだろう？　私たちが成すべきことをしている間、お前たちは何をしていたんだ？　私の部下に管を巻くことが騎士らしい任務だと言うのなら、ぜひお前たちの隊長であるザック殿の意見を伺わねばならないな。彼はお前たちより話がわかる男だと私は思っているぞ」

一息で話しきれば、二人の顔は強ばっていた。

「な……んで、俺たちの隊長がザック様だと」

「騎士の顔と名前を覚えるのは隊長として当然だ。それに、次はお前たちを預かるかもしれないだろう?」

蒼白になる騎士たちの様子に、ブリジットは「どうする?」と視線で問いかけた。

二人が怯んだときだ。

「あっ、あ――……、隊長。ちょっとイイっすか。あの……、実はさっきから腹の調子が」

サミュエルの弱々しい訴えに、ブリジットは血相を変えて振り返った。

「何⁉」

「あ……、まずいかも」

「ば、馬鹿者！　さっさと厠(かわや)へ行け‼」

やばい、と腹を押さえるサミュエルは、猫背の身体をさらに丸める。

ブリジットは「急げ！」とサミュエルの背中を押した。

「いててて……、そんなに急かさないでくださいよ」

「急がないと駄目だろうっ。走れないのなら運んでもらえ！　バスチアンッ‼」

ブリジットの号令に、バスチアンがサミュエルを横抱きにした。

「わ、ちょっと恥ずかしいかも……」

「つべこべ言うな!!」

喧々(けんけん)とまくし立てるブリジットの意識からは、先ほどの騎士たちの存在はすっかり飛んでいた。

慌ただしく走り去っていく三人に、残された騎士らは唖然としている。

「さて……と、あなたたち」

一人その場に残ったローランが、彼らを見据えた。ブリジットに向けていた優しい眼差しとは打って変わった、冷淡な視線で射竦(すく)める。

「不満を言ってるのはあんたたちみたいな下級な奴ばかりなのよね。知らないわけじゃないでしょ？　あの子は訓練生時代の一年間、誰よりも厳しい訓練を耐え抜いた。それを間近で見てきた同期たちは誰もブリジットを否定しないわ。公爵のおかげで隊長になっているけれど、騎士になったのは紛れもなくあの子の実力よ」

「だ、だから何だって言うんだ。その話だって事実かどうか怪しいもんだ！」

「なら、あなたたちも訓練に参加させてもらえない屈辱を、今から受けてみればいいわ。教官に無視され、煙たがられても食らいつくだけの度胸は当然あるんでしょう？」

オルターム公爵は入隊試験への阻止が失敗に終わると、次はブリジットを訓練に参加させないよう命令を出した。蝶よ花よと育てられたブリジットは、これまで他人から無視された経験などなかった。戸惑い、狼狽え、心折れたブリジットが騎士になる夢を捨てることを狙った策略だったが、ブリジットはしぶとかった。怒鳴られても無理やり訓練に参加した。当然、女のブリジットは他の訓練生たちとは体力も体格も違う。一人遅れることとなどざらだ。それでも、ブリジットは一度として音を上げることも、弱音を吐くこともなかった。涙を流し、顔中泥だらけになりながらも、歯を食いしばり、訓練をやり続けたのだ。

なぜ、そこまでブリジットが騎士になりたがるのか誰も知らない。ただ、その小さな身体には確固たる決意と、彼女を奮い立たせる情熱があることだけは伝わってきた。

半年も経てば、同期たちはブリジットが訓練に加わることに違和感を抱かなくなっていた。仲間として受け入れ、同志となったからだ。すると、それからは脱落者が出なくなった。

彼らが最終試験まで残れたのは、小さなブリジットが見せる根性に鼓舞されたからだ。

「ザック隊長に伝えておくわ」

「ま、待ってくれ！　それだけは勘弁してくれ。二度とあんたらには絡まないっ」

歩く筋肉と言われるザックが、この話を聞いたらどう思うだろう。正義感が強く曲がったことが嫌いな男だ。自分の部下が命じられた任務も遂行せず、他部署の人間を蔑んでいたと知れば、根性からたたき直そうとするに決まっている。

可哀想に、彼らは二度と管を巻く時間すら与えられないだろう。

だが、そんなことはローランには関係ない。

蛇のように目を細めて、「知るかよ」と切り捨てた。

硬直する二人を横目に、「や〜ん、置いてかないでぇ」とローランはしなを作りながら三人を追いかけていった。


第三十三小隊に割り当てられている部屋に戻った途端、サミュエルはけろっとした顔になった。

「もういいぞ。下ろしてくれよ」

「何を言っている。腹が痛いんじゃないのか⁉　バスチアンもどうして部屋に運んでくるんだ」

バスチアンの腕から軽やかに飛び降りたサミュエルに、ブリジットが目を剝いた。

「は？　嘘ですよ。ああでも言わないと収拾がつかないでしょうが。俺一人なら適当にあしらえたってのに、わざわざ首を突っ込んでくるから……。おたく、今月何枚始末書書きました？」

腕を上に伸ばし、伸びをしながらサミュエルが自分の席に着いた。やれやれと言わんばかりに机を足置きがわりにして、だらしなく椅子の背にもたれかかる。頭の後ろで手を組み、やる気のない顔でブリジットを見た。

　すると、開いていた窓から小鳥が二羽入ってきて、サミュエルの肩と頭に止まった。

「む……、二枚だ」

「月が変わって、まだ五日目ですよ。それで二枚はハイペースすぎるっしょ」

「今回絡まれていたのはサムだろう！　私じゃない。それに、因縁をつけてくるのは毎回向こうだ！」

「どんな因縁ですか？　どうせ【グランゼロ】の悪口を言われた、とかその程度でしょうが。一応、隊長なんですから、その辺はもっと臨機応変に聞き流すくらいやってくださいよ。守役も楽じゃないんすからね」

「サミュエル！　お前まで【グランゼロ】様を馬鹿にするのか!?」

　食ってかかると、サミュエルがこれみよがしにため息をついた。

「その名前で呼ぶの、やめてくださいって言ってるでしょうが。それに、【グランゼロ】なんてとっくに過去の人間なんですよ。二年も消息不明で、どこかで野垂れ死んでるのかもしれない人間を、馬鹿のひとつ覚えみたいに崇拝してりゃ、そりゃからかいたくもなりますよ。あいつは卑怯者……」

「【グランゼロ】様は生きているに決まってるだろ！」

　言葉を遮るように、ブリジットが叫んだ。

「最後の任務で大失敗したんっすよ。――死んでますよ」

「違う!!」

子どもの口喧嘩みたいに、ブリジットが大声で言い返す。

ブリジットも騎士の端くれだ。【グランゼロ】の最後の任務がどのような惨劇だったかくらい知っている。大勢の仲間を見殺しにして、一人逃げ帰ってきた卑怯者。【グランゼロ】の地位は剝奪され、その後行方知れずとなった。

だが、あの親善試合で動物には一切剣を向けなかった者が、やすやすと仲間を見捨てるとは思えない。

任務には失敗したが、【グランゼロ】は必ずどこかで生きているはずだ。

「あの方は私の光、希望なんだ！　たとえサムだろうと【グランゼロ】様を愚弄することは許さん！」

サミュエルに近づき、重たい前髪の奥にある瞳をのぞき込んだ。

「サム、お前も偉そうに人のことをいうのなら、まず自分がやる気を出せ」

やればできるのに、という言葉をすんでの所で呑み込む。

ブリジットの守役として紹介されてから、一年。サミュエルはつかず離れずの距離でブリジットの側にいる。

騎士は王宮の敷地内にある寄宿舎で寝起きするが、ブリジットは王宮近くにあるオルタート公爵家の別邸で父とサミュエルと共に暮らしていた。

一年も一緒にいれば、いやでも彼がどんな人物なのかはわかる。猫背で、貧弱で「サミュエル」と呼ばれることが大嫌いで、万年やる気が居留守を決め込んでいるが、サミュエルの動きには隙がない。訓練は面倒くさがって受けないくせに、毎朝、夜が明ける前に一人で剣を振っている表情は真剣そのものだ。

その背中に大きな傷があることも、朝の鍛錬をのぞき見たから知っている。

サミュエルが以前、どこの隊に所属していたかはわからなかったが、彼もローランやバスチアン同様、理由があって隊を追われたのは間違いなかった。

サボってばかりいるのは、今の境遇が不満だからだ。

「やる気を起こさせる任務があれば、いくらでもおたくが望む勇姿ってやつを見せて差し上げますよ」

「本当だな。言質は取ったぞ！」

意気揚々と叫ぶと、ブリジットはさっそく任務を探しに部屋を飛び出した。

ちょうど戻ってきたローランと出くわし、「お前たちは待機だっ」と言い置いた。

「ちょっとぉ……、ブリジットちゃんを焚きつけないでよぉ」

部屋に入るなり、ローランがじっとりと恨めしげな目をサミュエルに向けた。

「……うるせぇ。いつものことだろうが」

「あの子、向こう見ずなところがあるんだから、厄介な任務に首突っ込んで帰ってきたりしたらどうするつもりなの？」

　呆れ顔でぼやき、サミュエルの机の上に腰をかけた。長い脚を組み、「いいのかしらあ？」とサミュエルをけしかける。

「そんなの、俺が守ってやればすむ話だ」

「全力を出せれば、の話でしょ？」

　意味深な言葉を投げるローランを、サミュエルが忌々しげに睨みつけた。


　翌日、ブリジットが持ってきた任務に、一同は度肝を抜かれた。

「囮捜査……？　えっとブリジットちゃん。気は確か？」

　狼狽えて声を出すローランに、ブリジットが目をやる気に輝かせながら頷いて見せた。

「もちろん、私はいつだって真面目だ」

　ブリジットが持ち帰ってきた任務は、娼館街の警護にかり出されている第三十三小隊だからこそいち早く得た情報でもあった。

　先週から娼館街の娼婦が四人行方不明になっているというものだ。

　犯人も動機もはっきりしていないが、被害に遭った娼婦にはある共通点があった。はじめはいつも通りやる気のない顔をしていたサミュエルが、娼婦の共通点を踏まえての囮捜査の内容に入ると、みるみる表情を険しくさせた。

「駄目だ！」

説教以外でしか聞いたことがないような怒声に、説明をしていたブリジットの方が驚いた。

彼の肩に止まっていた小鳥たちが一斉に窓の外に飛び立っていく。

「なぜだ？　功績を上げるまたとない機会だぞ」

怪訝な顔をすると、サミュエルが鬼の形相で睨む。

「そんなのは他の小隊に任しときゃいいんですよっ。俺たちの出る幕じゃない！」

「どの隊だろうと、困っている人が助けを求めていれば、手を差し伸べるものだろう。サムは違うのか？」

「だから、それが余計なことだって言ってるんっすよ！　もっと身のほどを知ってください。あんた、実戦経験なんてないでしょうがっ!!」

痛いところを衝かれ、ブリジットはムッとなった。

「実戦経験など、これから積めばいいだろうっ。死を恐れて騎士が務まるか！」

「無駄死にが美徳ってか？　——笑わせるな」

ゾッとするほど冷めた声は、ほの暗い憤りを孕んでいた。

見たこともない殺気に身体が竦む。

怯えた顔をすると、見かねたローランが「まぁまぁ。二人とも熱くなりすぎ」と割って入ってきた。

「それで、ブリジットちゃんは犯人が狙う被害者像からこの囮捜査を思いついたのよね」

「もちろんだ！」

犯人が狙う娼婦は成熟した淑女ではなく、まだ咲きかけの蕾のような素人くさい女ばかり。背は低く幼顔の女だ。

ブリジットはドンッと椅子に片足を乗せて、ふんぞり返った。

「まさしく私にうってつけだ！」

意気込めば、ローランが遠い目をしていた。

見た目こそ華奢だが、厳しい訓練を受けてきたブリジットはそこらの令嬢よりたくましく、機敏だ。囮になるにはこれ以上の適任はいない。

意気込むブリジットを冷めた声が一蹴した。

「おたく、馬鹿だろ」

「馬鹿はサムだ。チャンスを摑め！」

「んなもん、クソの役にもたちゃしないんだよ」

吐き捨てる声には、あからさまな嫌悪があった。

いったい、何がサミュエルをこれほど頑なにさせているのだろう。もしかしたら、それこそ彼がこの隊にいる理由なのではないか。

「かりにおたくの身にもしものことがあったら、公爵が黙ってないんだぞ！」

「私の父がそれほど怖いか。腰抜けめ」

「何だと!?」

目を剝くサミュエルをブリジットも睨み返す。

「サムが従うべき人間は誰だ。私か、父か？　やればできる力があるのに、出し惜しみする理由がわからない。なぜ、現実から目を背けるんだ」

「話にならない」

立ち上がり、退けと身体を押しやられた。

「サム、逃げるな！」

咄嗟に摑んだ腕はたくましかった。

「私はお前の力を信じてる！」

周りが何と言おうと、サミュエルは有能だとブリジットの第六感が叫んでいる。ならば、必ず自分が彼の望む場所へ連れ戻してみせよう。

だから、どうか応えてほしい。

本気になったサミュエルを見せてほしかった。

食い入るようにサミュエルを見つめた。

「あんたが俺の何を知ってるってんだ。簡単に信じるなんて言葉使うんじゃねーよ」

低い声音が告げた拒絶の言葉が、ブリジットの心を抉った。

傷つけられたこと以上に、サミュエルの言葉に感じた哀傷が辛かった。

もしかしたらサミュエルはかつて人を信じて、手酷く裏切られたことがあるのかもしれない。痛みが忘れられないから、何にも向き合えないのだ。

でも、彼が非情でないこともブリジットは知っている。今だって、横を向くサミュエルの方が辛そうな顔をしているじゃないか。

「……話してくれなければ、何もわからない。サム、私なら大丈夫だ」

ハッと視線を上げ、サミュエルがブリジットを見た。

サミュエルの言葉で傷ついていないことが伝わるように笑みを浮かべる。

「何があっても、私はサムを傷つけたりしないと誓う。私はお前の力になりたい」

サミュエルが信じられないものを見る眼差しでブリジットを見ていた。前髪の奥にある青い瞳が、ブリジットの瞳の中に必死に何かを探している。

(何……？)

「サム？」

呼びかけると、サミュエルがまた顔を伏せた。

「――余計なこと、するな」

一瞬心を開きかけた気がしたのに、うまくいかなかった。きっとそれは、自分が頼りないせいに違いない。

「わかった。ならば、今回の任務にサムは同行させない。この場で待機だ」

「はっ⁉」

露骨に狼狽える姿に内心驚くも、ブリジットも後には引けなかった。

「撤回はしない。これは命令だ」


隊服を脱ぎ、ローランがどこからか仕入れてきた娼婦のドレスを身に纏う。

囮捜査をはじめて三日が経った。

はじめは着慣れなかったドレスも、回数をこなせば案外見慣れるものだ。髪の短さはウィッグでごまかし、化粧はローランから手ほどきを受けた。

今夜もこれから娼館街の路地に立つ。しかし、肝心の収穫はゼロ。

「うん、バッチリ！」

隣に座ってブリジットの唇に赤い紅をさし終えたローランが、満足そうに頷いた。部屋の中ではバスチアンが黙々と出発の準備を整えている。

手鏡には可憐な娼婦が映っているのに、心はちっとも嬉しくなかった。

（もう三日も顔を見てない……）

視線は無意識にサミュエルの席に向いた。

あの日から、サミュエルは露骨にブリジットを避けるようになった。早朝から夜遅くまで外に出たきり戻らなくなり、今日に至っては無断欠勤だ。隊長として諫めなければならない立場にあるのに、これ以上嫌われたらと思うと怖くて何もできない。

(私は駄目ね)

今も姿が見えないだけで、こんなにも不安になってしまう。

「こーら」

窘められ、顔をローランに向けると、頰を指で突かれた。

「沈んだ顔しないの。まだ三日目じゃない。そうそう犯人が見つかるわけないわ」

「……そう、だな」

曖昧に頷けば、ローランが嘆息する。

「心ここにあらず、よ。しっかりしないと、自分でやるって言いはじめた囮捜査じゃない」

「す、すまない……」

ローランがチラリと視線をサミュエルの席へ向けた。

「守役がいないとやる気が出ない？　悶々とするくらいなら、さっさと仲直りしたらよかったのに。二人とも意固地なんだから」

「……」

まったくの正論に、ぐうの音も出ない。

口喧嘩はこれまでも何度もしてきたが、毎回翌日にはサミュエルの方から声をかけてきてくれていた。

(私の何がいけなかったのだろう)

囮捜査がそれほど気に入らなかったのだろうか。現場に出るのは、ブリジットには時期尚早だということなのだろう。

(それでも、私は功績が欲しい)

部下たちの有能さを示すことができれば、他の隊の騎士たちだって彼らを侮辱したりしないのだ。

「浮かない顔ね。サムがどこで何してるのか、知ってる？　知りたくない？　知りたいでしょ？」

「まだ何も聞いてない」

苦笑すると、ローランはしなを作った。

「だってぇ、絶対知りたいんだろうなぁって思ったから」

ふざけていても、彼の言葉は図星だった。

本当はサミュエルがこの三日間、どこで何をしているのか気になっている。せっかく摑んだ功績を上げるチャンスなのに、どうしてサミュエルは側にいないのだろう。

「そうだな。……私は、知らない。今日のことだけじゃなく、サムについてほとんど知らないんだ」

　第三十三小隊にブリジットの守役として配属されるまでどこで何をしていたのかも、どういう人生を歩んできたのかも。聞いても、サミュエルはいつものらりくらりと答えをはぐらかした。言いたくなかったのか、それともブリジットには話せないと思ったのか。

「でも、ローランはサミュエルのことを知ってるんだな。本人から……その、聞いたのか？」

　口ごもれば、ローランが綺麗な髪を耳にかけた。

「私はこれでも諜報部隊にいたのよ。人ひとりの過去を探るなんて朝飯前。……あら、ブリジットちゃん、もしかして焼きもち？」

「な――っ、なぜ私がっ！　私は、べ……別にっ、そんな」

「動揺しすぎ」

　膝に頬杖をついたローランがクスクスと綺麗な顔で笑った。

「気になっちゃうんだ」

　慌てふためく理由を言い当てられて、ブリジットは途端に大人しくなった。

「――うん」

「ねぇ、どうしてブリジットちゃんは騎士になろうと思ったの？　オルタール公爵の妨害がなかったとしても、訓練はとても辛かったでしょう？　差別するわけじゃないけど、女の子には相当きついことだと思うの。よほどの思いがなければ乗り越えることはできないわ」

同じ質問を訓練生時代にも同期たちから幾度となくされた。

なぜ頑張れるのか、と。

【グランゼロ】の親善試合が行われた少し前、ブリジットは大切な家族を二人強盗に殺されていた。一人は母、そしてもう一人は三歳年下の弟だ。

その日、二人はハーマリア寺院へオルターム公爵の遠征の無事を祈りに行った帰り道だった。本当はブリジットもそこにいるはずだったが、当日の朝熱を出し、一人屋敷で伏せっていたため難を逃れた。

最愛の妻と、跡取りを失ったオルターム公爵の悲しみは深いものだったが、一人残された娘の心を誰よりも気遣ってくれた。親善試合に連れていってくれたのは、おてんばだったブリジットが弟と騎士ごっこをして遊ぶのが好きだったからだ。

【グランゼロ】はそんなブリジットが見出した希望の光だった。

剣闘士のような強靭で大柄な体軀でなくとも、最強の称号を得ることができる。それならば、ブリジットも同じように強くなれるのではないかと思った。

当時、ブリジットは【グランゼロ】を女だと勘違いしていたことも、騎士への夢に拍車をかけた一因だった。

力があれば、悪い奴らに負けない。

それが騎士を目指した理由だった。

しかし、訓練生時代は自分の弱みを見せることがどうしてもできなかった。本当は何度も投げ出したいと思っていた。みんなと同じように扱われない悔しさも、惨めさも、何もかもが嫌でたまらなかった。

それでも、歯を食いしばってやり遂げたのは、途中で諦めたくなかったから。投げ出すのは簡単でも、きっと後悔するのは目に見えていた。

なぜ、もっと頑張れなかったのだろう。と。

家族を失ったときも、ブリジットは自分を責めた。自分が一緒にいれば、幼い弟や母の盾になることだってできたかもしれなかったのに。

後悔ほど悔しいものはない。

その苦さを知っていたからこそ、ブリジットは意地でも最終訓練までやり通したのだ。

けれど、自分の実力の天井は訓練期間でおおよそ見えていた。

自分は【グランゼロ】のように強くはなれない。わかっていても、【グランゼロ】のようになりたいと豪語していた夢を諦めてしまうなんて、周りには口が裂けても言えないし、知られたくなかった。

ブリジットにできることは、とことん頑張ることだけ。

第三十三小隊の隊長となったブリジットの新たな目標は、部下たちにもう一度日の目を見てもらうことだ。

そのためなら、どんなことでもやろうと誓った。

ローランもバスチアンも、サミュエルもみんな等しく自分の部下なのに、彼のことになると平静でいられない。気がつけば目でサミュエルの姿を探している。側にいないと寂しくなる。少しも騎士らしくない、ブリジットが憧れる【グランゼロ】とは真逆のサミュエルが気になって仕方がない。

（どうしてなの？）

部下を平等な目で見られないなんて、隊長として失格だ。

口を開きかけるも、やはり言葉にはならなかった。自分はまだ誰かに弱みを見せることに抵抗を覚えている。

「功績なんてなくてもいいじゃない。今のまま四人で楽しくいましょうよ」

「そういうわけには、いかないわ」

気を抜いていたせいか、つい素の口調が口を衝いて出た。

「どうして？　サムとも喧嘩しないですむし、どのみちブリジットちゃんは【グランゼロ】にはなれないわよ」

こてんと首を傾げるローランは、残酷なことを躊躇なく告げるも、あっけらかんとした態度に嫌みはなかった。

「知ってる。ローランは今の自分は好き？」

「え？　まぁ、好きよ。私、綺麗でしょ」

目を丸くするローランに、ブリジットも笑って頷いた。

「うん、すごく綺麗。でも、サムは……今の自分が嫌いなんだと思うの。お父様の言いつけで私の守役をしているだけで、本当は第三十三小隊で燻っていることが不満なんだと思う」

「あいつがそう言ったわけ？」

問いかけに、ブリジットがゆるゆると首を横に振った。

「私がそう思っているだけ。本気でやる気のない人は毎朝、夜明け前に剣の鍛錬なんてしないわ。だから、本心は絶対に活躍する場に戻りたいんだと思うの。私は……【グランゼロ】にはなれないけれど、でもきっとサムならできる」

断言すると、ローランが目を細めた。

「あなたは優しい子ね。でも、ちょっと心配だわ。もっと自分も大切にしなくちゃ、さすがのサムも不憫よ。やきもきする気持ちもわかるわ。ブリジットちゃん、どうしてサムが囮捜査に反対したのかちゃんと理解してる？」

「それは、私が不甲斐ないから」

すると、ローランが「ほらぁ、わかってない」と苦笑した。

「あなたは自分が思っている以上にとっても魅力的なの。公爵もしかり、サムだってできることなら誰の目にも触れさせたくないと思ってるはずよ」

思ってもいなかった答えに、ブリジットは目を瞬かせた。

（サムが……何？　そんなのまるで私のこと――）

思い浮かんだ言葉を自覚する前に頭の中から追い払う。

一年も一緒にいたのに、サミュエルはブリジットを意識している素振りなど欠片も見せなかった。

「そんなわけ、ないわ。私の側にいるのは、守役だから仕方なく」

「もぉ〜、意固地で鈍ちんねぇ」

やんなっちゃう、とローランが頬に手を当て首を横に振った。

「だって、サムは私が任務で足を滑らせたときだって、私を抱きかかえておきながら重いって言ったのよ？　普通好きな子に重いなんて言わないでしょ？」

「あいつなら言いそう」

「だ、だとしても！　私のこと馬鹿とか、他にもたくさん」

「照れ隠しね。だって、ブリジットちゃん、可愛いからからかいたいんだもの。いつもキラキラしてて挫けないところも、挫折を知る男には眩しかったに違いないわ」

「挫折を知るって、どういうこと。ねぇ、ローラン。あなたはサムの何を知っているの？」

「そうやって誰かさんのことで頭がいっぱいになってるの、いいわねぇ」

「——ッ」

カッと頬を赤らめると、「可愛い」とローランが囃し立てた。

「さて、この続きはサムが帰ってからにしましょう。いい加減見てる私たちの方がやきもきしちゃう。そのためにも、ちゃちゃっと犯人捕まえないと」

行くわよ、とバスチアンを促すローランをブリジットも慌てて追いかけた。


ブリジットは娼館街の路上に立つと、慎重に辺りを見渡した。

犯人像は明らかになっていないため、地道に探すしかない。

娼婦になったばかりの女が、水が合わず辞めていく話はままあることだ。いなくなった娼婦も最初はそうだと思われていたらしい。

しかし、同じように娼婦が次々といなくなり、四人に共通点があったことから他の娼婦たちが騒ぎはじめた。

いったい、彼女たちの身に何が起こったのか。

本当に娼婦を辞めたくて姿をくらましただけなら、それでいい。しかし、そうでないのなら何としてでも助け出さなければ。

この辺りにいる娼婦たちのほとんどは私娼だ。それぞれ持ち場があるのだろう。一定の間隔を空けて立つ彼女たちの中に、ターゲットとなりうる者はブリジット以外いない。彼女たちは胸元がやたら大きくひらいた白いシャツにコルセット代わりのベルトを巻き、たっぷりとフレアがついたスカートを身に纏っている。ブリジットもよく似た衣装だ。ただ一点違うのは、コルセットで持ち上げても彼女たちのような豊満な乳房にはならなかったというところだ。

それでも道行く男たちは、金髪のウィッグに化粧を施したブリジットに興味津々の目を向けてくる。あからさまに性的な視線は、ブリジットを品定めしているかのようで正直気持ち悪いが、犯人像もわからない今は我慢するしかない。

声をかけてくる客は、あらかじめ打ち合わせをしてある宿屋に案内し、そこで待つ本物の娼婦に引き渡す算段はつけてあった。その際、娼婦に不利益がないよう、ブリジットが自腹を切って料金を上乗せすることも忘れない。

(今夜も収穫はなしかな……)

ほっと息をつきながら、外灯にもたれかかった。つま先で転がっていた石を弾く。

(サムはもう戻ってきたのかしら)

彼が守役となって、これほど長い時間離れていたのははじめてだ。

居るはずもないのに、つい辺りを見渡してしまう。つかず離れずの距離感だった彼の気配がないことが、今は寂しくてたまらない。あのやる気のない猫背姿が見たかった。

（挫折を知るって、どういうことなの？）

「――お嬢さんは、いくら？」

背後から呻くような声がした。

気配もなく現れた男に、心臓が縮み上がるほど驚いた。反射的に振り返れば、痩せ型の男が立っていた。

重たそうな黒髪が目を覆い、フードがついた茶色の外套を羽織っている。

「あ……、えっと」

「君、はじめてなの？　あんまり慣れた感じしないよな」

言葉になまりはなく、声も若い。

顔はフードを被っているため見えないが、おそらく二十代後半から三十代といったところだろう。

「え、ええ。田舎から出てきたばかりで。――お兄さんは、よく女を買うの？」

「俺は、時々。それじゃ、馴染みの店とかないんだ。俺が決めてもいい？」

なぜだか、胸がざわめいた。

手を取られ、反射的に振り払おうと身体が動く。だが、こんなところで騒動を起こしたら、せっかくの囮捜査が水の泡になってしまう。

グッと身体に力を込め、衝動を堪えた。

「あ、の……。できれば、私の知っているお店に行きたい」

できるだけ、初心を装い上目遣いで男を見た。

男はじっとブリジットを見ていたが、「……どこ?」と問いかけてきた。

ブリジットが店の名前を言うと、男は小さく首を縦に動かす。男も店を知っている風な素振りにほっとした。

「よかった。それじゃ、こっちよ」

摑まれた手をさりげなく解き、先にたって歩いた。

「田舎から出てきたの。どこから来たの」

「西の方からよ。出てきたのは、先月なの」

「ふぅん、こういう仕事はダモーロに来てから?」

やたら質問が多い。

会話を楽しんでいるというより、ブリジットを探っているみたいだ。

「私のこと、気に入ってくれた?」

ちらりと後ろを歩く男を振り返った。身体を覆う外套のせいで、人相がまるでわからない。

(私の勘違いだったのかしら?)

本当に娼婦を買いに声をかけてきただけなのかもしれない。

考えに集中していたせいか、ブリジットは後ろの男が突然立ち止まったことに気づくのが遅れた。

「……ぅ」

聞こえた呻き声に、ハッと後ろを振り返る。

男は腹を押さえてやや前屈みになっていた。ぎょっとして、慌てて男に駆け寄った。

「ど、どうしたの？」

「いや……なんか、急に腹の調子が悪くなってきて」

「だ、大丈夫!?　無理はよくないわ、今夜は帰った方が……」

窺うように男の顔をのぞき込んだときだ。

顔に霧状の何かを吹きかけられた。

「――ッ」

反射的に後ろに飛び退こうとするも、ぐにゃりと視界が歪んだ。男がブリジットの腕を摑み、自分の方へと引き寄せた。

「騒ぐなよ」

重たい前髪の間からのぞいたギラつく眼光に、怖じ気が走る。

（やっぱり、この男が犯人――！）

だが、声を出そうにも喉が詰まって、声が出ない。おまけに、全身から力が抜けて、膝が笑う。

立っていられなくなり、ぐらりと身体が男の方へと傾いだ。

（いったい、何を吹きつけられたというの）

屈辱に表情を歪ませた次の瞬間だ。

頭上から黒い物体がものすごい勢いで降ってきた。それは、一撃で男の首筋を殴打する。

「……っ！」

呻き声すら上げることなく、男がゆっくりと倒れていく。

ブリジットはその一部始終に唖然としていた。

「な……ぜ」

闇のしじまに紛れるような黒い外套に、月明かりに照らされた白い髪が燻し銀に輝いていた。

どうして、ここにサミュエルが立っているのだろう。

前髪から垣間見るいつもはやる気のない双眸に、今夜ばかりは殺気が漲っている。その手には、過去に一度だけ見たことのある刀身の細い剣があった。

（【グランゼロ】様の刀剣。でも、なぜサムがその剣を持ってるの？）

すると、物陰から剣を持った男たちが飛び出してきた。

咄嗟に身構えようとするも、身体の自由がきかない。

「――ッ」

　もたつくブリジットの前に、サミュエルが立ちはだかった。

　襲いかかってくる男たちを次々となぎ払っていく。その姿はかつて闘技場で見たあの【グランゼロ】の動きそのものだった。

　蒼穹を閉じ込めたような瞳には、闘志が満ちている。相手を挑発する仕草に、軽やかな身のこなし、何よりこれほど鮮やかな抜刀術を繰り出せる者が【グランゼロ】以外にいるだろうか。

（――サムが【グランゼロ】様……）

　ブリジットはその華麗な剣術を、茫然と見つめていた。

　なぜ今日まで気づけなかったのだろう。

　これまで、憧憬の象徴と化した【グランゼロ】と、サミュエルの姿があまりにも違いすぎて、ブリジットはその可能性すら思い至らなかった。

　すると、闇を突き抜けて弓矢が男の肩に突き刺さった。

　矢が飛んできた方向を見れば、屋根の上にバスチアンが構えていた。

「お待たせ！」

　聞き馴染んだ声は、ローランだ。

　彼も襲いかかる男たちに剣で応戦していた。汚れることを嫌う普段の姿からはほど遠い、好戦的な戦い振りはブリジットが一度も見たことがないものだ。

　総勢十人を、たった三人で応戦する。しかも、ブリジットはろくに動くこともできない状態だ。足手まといでしかない存在はサミュエルたちにとって大きなハンデだ。

「私……ことは、いい——からっ。早く犯人たちを捕まえろ！」

「サム！　何してんの、早くブリジットちゃんを連れてって!!　いつまで血なまぐさい現場なんて見せるつもりなのよ！」

　ブリジットの声をかき消すローランの怒声に、サミュエルが飛びつくようにブリジットを抱き上げた。

「きゃっ」

「逃がすな!!」

　追いかける声がするも、サミュエルはまるでブリジットを抱えていないかのような俊足を見せた。

　これが、ブリジットが見たくてたまらなかったサミュエルの本気の顔なのか。

　間近にある端整な横顔を信じられない思いで見つめていた。

　普段は重たい髪に隠れている美貌は、紛れもなくブリジットが憧れ続けた人のもの。違うのは髪の長さと色だけだ。

　あっという間に追っ手を振り切り、サミュエルが目的地だった宿に飛び込んだ。

「今夜は俺がすべて貸し切る。他の客を入れるな」

宿主に布袋を放り投げる。ずっしりと中身が入ったそれを確認した宿主は諸手を振っていた。

「待……て、サム……、あんな大金」

ブリジットの制止を無視して二階に上がると、一番奥の部屋に入る。

ベッドにブリジットを放り投げるや否や、サミュエルがその上に覆い被さってきた。その身体は小刻みに震えていた。

「どうし……背中の傷が痛むのか!? 馬鹿っ、なぜこんな無茶したりするんだっ」

つい普段の口調で叱ると、サミュエルが勢いよく顔を上げた。憤怒(ふんぬ)の形相で怒りに染まった青い瞳がブリジットを睨みつける。その直後。

「馬鹿はおたくだろうが! どれだけ心配したと思ってる! あんないかにも怪しそうな奴にふらふらとついて行きやがって!」

ブリジットの倍はある音量で叫び返された。

怒髪天を衝く罵声に、唖然となる。

反論できずにいると、「何された?」と強い視線でのぞき込まれた。重たい前髪からのぞく青い目と端整な顔立ちは、会いたいと思っていた人のもの。

ようやくサミュエルが戻ってきてくれた実感が湧いてきた。

答えなくちゃ、と思うも込み上げる激情が喉に詰まって声が出てこない。

(本当にサム……が、いる。来てくれた)

襲われた恐怖より、サミュエルに会えた喜びに涙が溢れてくる。

すると、サミュエルがチッと舌打ちした。

「だから囮捜査なんて反対だったんだ！　いいか、あれは組織ぐるみの誘拐だ。女を浚って奴隷として闇市で売りつける人身売買なんだよ。あの近くの宿屋が犯人たちの塒で、連れ込んだ娼婦をそのまま売り飛ばす手はずになってた。おたくもそうなるところだったんだぞ！」

ブリジットたちより詳しい情報を得ているのは、独自に動いていたからではないだろうか。

もしかしたら、この三日間はそのために費やされていたのかもしれない。

やる気がないどころの話ではない。やはり、サミュエルは有能なのだ。

こんなにも真面目な姿を見られたことが、嬉しくてたまらない。

視界がますます涙でぼやけた。

そんなブリジットの目の前で、サミュエルは目をつり上げて叱り続けた。

「あんたは、自分が他人にどう見られているのかまるでわかっちゃいない。勇敢と無防備は天と地ほど違うんだ。おたくが訓練生時代に軒並み同期を骨抜きにしたおかげで、騎士団の中にはお前と結婚したいと思ってる奴がそこら中にいるんだぞ!! オルターム公爵が俺を虫除けにつけた理由をもっと考えろ――」

むき出しの怒りをぶつけてくるサミュエルに身体は竦むのに、一秒でも早く恋しい人に触れたかった。抱きしめて、彼が目の前にいる現実を実感したい。

「サ……ム」

涙声で呼びかければ、サミュエルが忌々しそうに表情を歪め、次の瞬間にはブリジットを強く抱きしめた。

「あぁ、クソ――。なんだって、こんなおてんばに俺は惚れてるんだ……っ」

魂から絞り出すような告白に、身体を包む温もりと聞こえる彼の鼓動に、ブリジットは目を閉じた。

「あ……会いたかった。も……嫌われたと……思って、た」

「可愛い声で俺を誘うな。――襲うぞ」

うなり声すら聞こえてきそうな声音で凄まれるも、抱きしめる腕は少しも緩まない。

「こんなあられもないドレスでむやみやたらと男誘って、この三日間でお前見たさに騎士の奴らが何人任務抜け出したと思う? どれだけ俺らが蹴散らしたかわかってんのか! お前が男に声かけられるたびに、俺は頭ん中でそいつの息の根を止めてた」

「ご……ごめん、なさい」

「駄目だ、許せない」

謝罪を拒絶され、びくりと肩が震えた。

ゆっくりと腕がゆるみ、サミュエルに顔をのぞき込まれる。

髪をかき上げ、惜しげもなく端整な顔を見せつける彼は、雄の色香を発していた。見下ろす眼差しのなんと艶めかしいことだろう。

官能を呼び覚ます視線に見据えられて、動けなくなった。

「サム……、退……いて。怖い……」

「嫌だ」

「――ッ」

間髪を容れず一蹴され、ブリジットは泣きそうになった。

「な……んでっ」

涙目で睨みつければ、「わかんねぇの？」とサミュエルが苦笑した。

「さっきブリジットが好きだって言ったんだけど」

「――え……？」

泣きべそをかいたまま、サミュエルを凝視した。

いつもと変わらぬ口調はブリジットの知るサミュエルなのに、獲物を見定めた獣みたいな目は憧れ続けた【グランゼロ】を彷彿とさせている。

「う、そ……。そんな素振り一度もなかった。いつも面倒くさそうだったのに」

「当然だろ。今の俺はただのサミュエル。オルターム公爵と交わした誓約があるうちは至宝に手出すほど駄犬じゃない――つもりだった。でも、もう無理だ。堪忍ならん。これ以上は俺の神経が持たない。これなら、業火に焼かれた方がまだましだ」

「誓約、……？　至宝って……誰？」

サミュエルの話は、理解の範疇を超えている。

涙声で訴えると、「ブリジットだよ」と聞いたこともないいくらい優しい声がした。

「お前が俺の至宝だ。参ってたのは、騎士の連中だけじゃない。俺もとっくにおたくに堕ちてたんだ。根性があって、打たれ強くてたくましくて、無条件で信頼寄せられて、無鉄砲なくせに小さい身体で俺たちのこと一生懸命守ってる姿見せられたら、そんなの絶対好きになるだろ」

聞いたことのない言葉の羅列に、思考が追いつかない。

両手で頬を包まれ、近づいて来た唇が触れるだけの口づけを落とした。間近にある蒼穹の瞳を一心に見つめる。

「どれだけお前が眩しく見えてたか、知らないだろ？　俺はこの一年、ブリジットに生かされてた。騎士なんて糞食らえだったが、お前にならもう一度命を預けてもいいなって思ってた」

「【グランゼロ】様……なのね」

サミュエルが蠱惑的な笑みを浮かべたが、その瞳までは笑っていなかった。

「お前はどう思う？　散々暑苦しい【グランゼロ】愛を語ってきたんだ。本物かどうかわかるだろ」

ブリジットの知る【グランゼロ】と、一年間見てきたサミュエルに重なるものはない。

それでも、ブリジットは彼こそが【グランゼロ】だと確信していた。

「それじゃ、あの任務の噂も嘘ね。あなたが仲間を見捨てるなんて……絶対にない」

「なんで、そう思うんだ」

【グランゼロ】の称号に求められるのは剣術の強さだけではない。誰よりも仲間を思う強い心と深い愛がなければ、その名誉は手に入らない。

闘技場でサミュエルは、闘犬を殺さなかった。それは、彼らには何の罪もなかったからだ。

【グランゼロ】の慈悲深さは、サミュエルにもある。

「ずっと、サムを見てきたから……わかるの」

サミュエルが泣きそうな顔で目を細める。ゆっくりとブリジットの胸に顔を伏せた。

「悔しかった……でしょう？　背中の傷……は、最後の任務で負ったのよね。仲間を……救えなかったこと、ずっと後悔してた……」

「知ったような口で言いやがる」

苦々しそうな口ぶりだが、否定しないのは図星だからだ。

今すぐ悔恨に震えるサミュエルを抱きしめたいのに、身体が動かないのがもどかしくてならない。

「話して」

あやすように声音を和らげた。

苦しいのなら、どうかその荷を分けてほしい。一人で抱えるより、二人で持つ方がずっと楽になれるはずだから。

「サム」

呼びかけると、サミュエルが押し倒したブリジットに顔を伏せたまま、ぽつりぽつりと話し出した。

当時、【グランゼロ】の知名度と人気は、騎士団の脅威になっていた。このままでは騎士団の威光をも脅かされるのではないかと危惧した騎士団の上層部たちは、【グランゼロ】を排除する計画を立てた。それが、あの大敗を喫した任務だ。

任地に赴く前から負け戦だとわかっていても、命令には逆らえない。

サミュエルにできたことは、仲間を一人でも多く逃がすことだけ。任地に到着する直前までわざと傍若無人に振る舞うことで仲間割れを起こし、人数を削った。残った者のために、現地の人間に金を積み、退路へ手引きしてくれるよう頼んだ。

それでも、【グランゼロ】の前で次々と仲間が死んでいく現実は地獄でしかなかった。金色の髪が白くなるほどの絶望は、サミュエルから生きる活力を奪った。

背中に大けがを負いながらもサミュエルだけが戻ってこられたのは、偶然と幸運が重なっただけ。本来ならあの場で命が尽きていたはずだった。

しかし、目論見が外れた上層部らは今回の失敗は【グランゼロ】にあるとし、サミュエルを仲間を見捨てて逃げ帰った卑怯者に仕立て上げることで、目的を完遂させた。

真実を知ったサミュエルは、怒りに任せて単身上層部に乗り込んだ。どのみち捨てるつもりの命だ。死んでいった仲間たちの無念を晴らさなければ、死んでも死にきれなかったからだ。しかし、オルターム公爵の妨害により、仇討ちは失敗に終わった。そして、公爵家でしばらく軟禁されていたという。

ちょうどその時期は、ブリジットが訓練生として一年間家を空けていた時期でもあった。

「俺はそのとき、公爵と誓約を交わした。娘の守役を受ける代わりに、もう一度騎士団に別人としてもぐり込ませてやる、というものだ。あの狸親父、上層部の人間を煮て食おうと焼いて食おうと好きにしたらいい、と言いやがった。そんなことをしたら、娘の身の安全も保証できなくなるぞと脅したら、公爵の野郎――……」

『つまり、娘の下につくことに異論はない、ということだな。いやぁ、よかった！　うちの娘は君をとても気に入っていてね。よろしく頼むよ』

そう、満面の笑みで言ったそうだ。

「公爵は、たとえ俺が上層部の人間を手にかけても、ブリジットは安全だと断言しやがった。仲間を失う恐怖を知ってる俺なら、同じ轍を踏むへまはしないだろう、って。昔から公爵だけはいけ好かなかったんだよ」

「ご、ごめん……なさい」

オルターム公爵の言葉に、ブリジットは我が父ながら、その面の厚さに目眩がした。見た目は温和だが、腹黒さは騎士団随一と噂されるだけはある。

「……だから、渋々私の側にいた……のね」

守役になったのは、報復を果たすため。【グランゼロ】まで上り詰めたサミュエルにとっては、親の威光で隊長になった新米騎士の守役など屈辱以外になかったはずだ。

恐縮すると、サミュエルが喉の奥で笑った。

「いつものあれ、聞かせろよ」

「あれ……?」

「【グランゼロ】様はって、やつ」

顔を上げ、にやりとほくそ笑む意地悪そうな表情に、かぁっと頬が熱くなる。サミュエルは腕で上体を支えると、鼻先が触れるほど近くからブリジットをのぞき込んできた。

「あ、あれは！　サムが【グランゼロ】様だと知らなかったから」

「毎日、本人目の前にして言ってたろ？　今さら恥ずかしがんなよ」

したり顔で嘯(うそぶ)く彼は、完全にブリジットをからかっている。

知らずに語るのと、本人を目の前にするのとでは、恥ずかしさの度合いが桁違いだ。

それでも、からかい口調とは裏腹に蒼穹の瞳は、渇望の光を宿していた。食い入るようにブリジットを見つめてくる。

サミュエルはずっと不安と寂しさでたまらなかったのかもしれない。

求められて、どうして断れるというだろう。

「――【グランゼロ】様は……金色の髪をたなびかせ、襲いかかる闘犬たちを軒並みたたき伏せただけでなく、巨体の剣闘士まで打ち負かした勇姿は、まさに神話の戦士そのもの。無体を強いることのない、慈悲深いお姿に私は女神の面影を見た。わ、私はそんな【グランゼロ】様を……敬愛している……の、です」

「うん、俺も好きだよ」

最後の言葉を言い終えると同時に、サミュエルに奪うように口づけられた。

「ふ……ん、んっ」

口腔を貪る肉厚の感触に、全身がぞくぞくする。

（な――に、これ……）

舌先で上顎を擽られただけで、腰が震えた。

「サ……ムッ、待って。身体……へん、なの」

全身が一気に熱くなった。息が上がり、まるで熱に浮かされたように頭の中がぼんやりとしてくる。なのに、身体のあちこちにじくじくとしたもどかしさがあった。

「ブリジット?」

「――ッ」

かかる息に、痛いくらい鼓動が跳ねた。脳天まで痺れる感覚に全身が一瞬硬直する。

「……身体、あつ……い」

すると、動かなかった身体が、途端に楽になる。

力なくサミュエルの服の裾を握りしめ、切なさを訴えた。密着する身体の間で硬くなった乳房の先が擦れて痛い。全身の至る所が熱く疼いてたまらなかった。

熱っぽい眼差しに上気した頬でサミュエルを見上げれば、彼は食い入るようにブリジットの顔をのぞき込んでいた。

「お前のそれ、……まさか媚薬、か?」

「わ、わかん……ない。ね……ねぇっ、触って……」

一度、サミュエルの熱を知ってしまった身体は、はしたなくサミュエルを求めた。

「煽る……なっ、優しくしたいんだよっ」

苛立たしげに唸り、サミュエルが乱暴にブリジットの衣服を剝いでいく。同時に、自分の服も脱ぎ捨てると、片時も離れたくないというように肌を重ねてきた。素肌で触れ合う滑らかな感触に、ブリジットは「あぁ……」と歓喜を零す。

のしかかる重みも熱量も、たまらなく愛おしい。サミュエルの頭を抱きしめ、その柔らかな白い髪の感触を味わった。

「好き……」

するりと口から出た恋慕が、心を潤していく。

「お前の好きは、俺か？　【グランゼロ】か？」

サミュエルの唇が頰、耳殻、うなじ、鎖骨と口づけていく。柔らかな感触が灯す劣情の熱に、秘部の奥がじわりと潤んでくるのがわかった。

「どっちも。サム……だから……」

ずるい返事に、サミュエルが喉の奥で笑った。

腹部に当たるサミュエルの熱塊が、彼の興奮を克明に伝えてくる。硬く反り返った雄々しさに、彼もまたブリジットに欲情していることが嬉しかった。

「ごめん……ね」

乳房に顔を寄せたサミュエルに、ブリジットは小声で詫びた。

「私、貧相だから、楽しくないかもしれない……」

同じ年頃の令嬢たちがお茶会や花嫁修業に邁進している間、ブリジットはそのすべての時間を騎士道に捧げていた。おかげで根性と筋肉はついたが、女性らしい柔らかさは失ってしまった。胸もブリジットの手に収まってしまうほど小さい。

自分の進んできた道に後悔はないが、やはりこういうときは少し後ろめたかった。

「馬鹿だな」

そんなブリジットの卑屈を一笑に付すと、サミュエルが乳房に齧りついた。

「ひっ……」

「そんなくだらないこと考える暇もないくらい、よがらせてやる」

「あ……あぁ、あっ」

口の中で尖頂を転がされ、歯を立てられる。

交互に与えられる痛みと快感に、ブリジットは戸惑った。怖いのに、気持ちいい。

反対の乳房は、指で摘まんで捏ねられる。

「い……ぁ、……そ……れ、だめ……」

「最高の感度だな。極上だよ」

「ひン……っ、サム……口調が……違うっ」

普段のやる気のない口ぶりとは違う、野性的な口調に戸惑った。

「どちらの俺も俺なんだろう?」

揶揄するように、愉悦を含んだ声音が響いた。

下へと滑っていった手が、するりと内ももを撫でる。

「サム……駄目。そこ、は――」

媚肉を割れ目に沿って撫でる手付きの、なんていやらしいことか。

指が潜む花芯からの鮮烈な刺激に、上半身が弓なりに反った。蜜穴の輪郭をなぞると、
ゆっくりと中に押し入ってくる。

はじめて知る異物感に、ブリジットが「ン――……ッ」と息を呑んだ。

中を弄られる感覚に困惑が広がる。

サミュエルが何かを探るように丹念に蜜壁を擦っていた。指がある場所を掠めたときだ。

ビクン、と腰が跳ねた。

「見つけた」

舌なめずりでもしそうな表情で、サミュエルが重点的に同じ場所を攻めてくる。

（な……に、気持ち……いぃっ）

「や……ぁっ、サム……そこ――ッ、あぁ、んンっ」

腰をくねらし、嫌だと乞う。

手の動きに合わせて、溢れた蜜が水音を立てていた。

恥ずかしいのに、腰が浮いてくる。足を大きく開き、さらなる快感をねだっていた。

「み……ない、で」

枕を握りしめ、そこに顔を埋める。

浅い息遣いに、薄い腹が上下に沈む。隆々とした筋肉ではないが、うっすらと筋の見えるそこに、サミュエルが満足そうに目を細めた。

「綺麗だな」

「う……そ」

信じられない、と涙目で見遣れば、サミュエルが苦笑した。

「なら、これはどう説明するんだ」

そう言って、手を取られ、彼の欲望へあてがわれる。

「――ッ」

「これでも、嘘だって言うのか？」

「あ、――ぁ、なに……これ」

鋭角な角度で反り返る長大でどっしりとした存在に、ブリジットは目を剝いた。浮きたつ筋と、力強い脈動、伝わる熱さに慄く。

「全部、入れる」

「……む、り……」

悦に入った声に、謙遜ではなく本気で答えた。

あんな凶暴なもの、とてもではないが入る気がしない。

「は……はやく、しまって――」

「仰せのままに」

そう言うと、サミュエルが蜜穴にあてがい、ゆっくりと中へ埋め込んだ。

「い――っ、あぁっ！　ち……がう、そこ……じゃ、ないっ」

丸々とした亀頭が無理やり内壁を押し開いていく。いくら指でならされたとはいえ、はじめて受け入れる欲望の雄々しさに、ブリジットは慄いた。

「ば……か……ぁ」

「よがりながら、罵られるの最高。もっと奥いけるよな」

「ひ……っ」

徐々に腰を進めていく動作に、ブリジットは歯を食いしばって耐えた。

「はぁ……、ブリジットの中、気持ちいい」

ふるりと頭を振り、サミュエルが感嘆の声を零す。

「すげぇ締めつけてくる。中の襞が絡みついて……くそっ」

掠れ声での悪態に、ブリジットは無理だと泣きながら抜いてと懇願した。

「あっ、はぁ……っ、はっ。サム……っ。もっと小さく……して」

「無理言うな」

「ひあぁ、な……んで、大きく……する……のっ」

肥大した質量に、ブリジットはいやいやと泣きながら首を横に振った。

「泣くな。ほら、キスしてやるから」

子どもをあやすように、触れるだけの口づけが落とされる。

苦しいのに、身体は歓喜にうち震えている。求めていたものを得られた喜びが、全身を満たしていた。

もう離したくないのだと中が蠕動（ぜんどう）し、夢中でサミュエルに吸いつく。

「好き……、好き」

手を伸ばすと、たくましい腕で抱きとめられた。

「サム……好き」

「そうだよ。俺はお前のもんだ」

「あぁ、あっ……、ぁ……！」

力強い腰遣いで、先端が最奥を穿つ。目の前にチカチカと銀色の閃光が瞬いた。与えられる律動に揺さぶられる心地よさに、理性も自制も、恥じらいすらふるい落とされていく。

残ったのは、サミュエルを愛おしいと思う恋慕だけ。

「サム……、サム」

名前を呼んだ側から、口づけで唇を塞がれた。息苦しさと腰骨に響く振動に、全身が陶酔する。

（気持ち……いぃ――――）

うっとりとサミュエルを見上げれば、彼もまた欲情に顔を赤らめていた。だが、青い瞳は獰猛な獣のようだ。

（私のもの）

離さない、と抱きしめる手に力を込めた。

「――ッ」

息を詰めた直後、サミュエルが放った飛沫がブリジットの中を濡らした。だが、サミュエルの欲望は一度だけでは萎えることはなく、すぐにまた律動を再開させた。

「ま、待って」

「もう待てない」

膝の裏に腕を通し、貪欲にサミュエルが腰を進めてくる。激しい律動にブリジットはただ与えられる快楽に溺れるしかなかった。

「だ……、め。も……休ませ、て……」

「まだ。あと一回だけ」

「嘘……、さっきもそう言って、――あぁっ！」

今また中で爆ぜたサミュエルが仰向けになり、ブリジットの腕を引く。彼を跨がる格好にさせられると、今度は下から突き上げられた。

「ひ――、あぁ……、あっ、あ……あんっ」

身体が跳ねるほど揺さぶられ、恍惚とした悦楽に酔いしれる。

あれほど訓練を怠けていたくせに、どこにこれだけの体力を温存させていたのか。

「サム……」

手を彷徨(さまよ)わせると、すぐに指が絡まってきた。硬く握りしめられた安堵に笑みを浮かべると、咥え込んでいた欲望が中で脈動する。

(また、くる……)

溢れた体液が白く泡立ち白い糸を引いていても、サミュエルはブリジットを離そうとはしない。

どこもかしこも汗で艶めき、快感を吸ったブリジットの痴態に、サミュエルはうっとりと目を細めていた。

「名誉も功績もいらない。欲しいのはブリジットだけ」

「わた、……私も」

サミュエルがいてくれるなら、それだけでいい。

「俺だけのものになって」

極上の幸福に包まれながら、ブリジットは声が嗄れるまでサミュエルの愛に溺れた。

翌日、ブリジットは騎士団に入隊してはじめて盛大な遅刻をした。

あんなに気まずい気持ちで部署に行ったのもはじめてなら、後ろをついて歩くサミュエルがずっと上機嫌でいるのもはじめてだ。

いつもは姿を見つけるなりやってくる小鳥たちも、今日ばかりは枝の上から遠巻きに見ていた。心なしか鳥たちの視線が痛い。

だが、試練はそれだけではなかった。

部屋に入るなり、「あらぁ――っ！　おめでとうっ」と盛大にローランから黄色い声を浴びせられた。

（なんで、一瞬でわかるんだ⁉）

元諜報部隊の洞察眼には、恐れ入る。

何だかんだと囃し立てるローランをいなして、どうにか昨夜のその後の報告を聞いたのだが、そこでもまたブリジットは頭を抱えることとなった。

昨夜の一件の手柄は、なぜか第十三小隊のものになっていたからだ。というのも、バスチアンが犯人とその一派ら全員を縛り上げ、第十三小隊の前に放り投げてしまったからだという。

今後は、第十三小隊が中心となり闇市での人身売買の摘発がはじまるだろうとのことだ。

「だってぇ、功績なんて上げちゃったら、せっかくの憩いの場がなくなっちゃうじゃない。私、忙しいの嫌いなのよ。ねぇ、バスチアン？」

「……」

無言こそ肯定だと言わんばかりに、バスチアンは自席で黙礼した。彼の頭には先ほどの小鳥が止まっていた。

その隣には、朝からずっと上機嫌なサミュエルが、にやにやとしながらこちらを見ていた。

せっかくの手柄をそんな理由で手放してしまえる自由すぎる部下たちを、これから自分はどう導いていけばいいのか。

しかも、ローランはおろか、バスチアンも早々にサミュエルの正体を知っていたというのだから言葉もない。

（私だけのけ者だったたんじゃない）

ムッとすると「あんなに嬉しそうな顔して憧れの騎士様のことを話すブリジットちゃんに、実は目の前にいるやる気のない男がそうだなんて言えないわ」と言われたが、それが言い訳であることを見破れないほど、ブリジットも単純ではない。

だが、ローランがまるきり悪気のない様子で、今回の礼といって娼婦たちから貰った焼き菓子を差し出してくる姿に、怒る気も失せた。

「ブリジットちゃん、お茶淹れてきてくれる?」

隊長に平気でお茶をねだるところも、そろそろ改善しなければ。

(でも、憎めないのよね)

案外、第三十三小隊はこれでいいのかもしれない。

仕方なくブリジットはお茶を淹れに給湯室へ入った。

すると、サミュエルもついて入ってくる。当たり前のように背中から抱きしめられた。

「な、なにをしてるっ。ここは職場だぞ!」

声を潜めて諌めれば「返事、聞いてないいんっすけど」と呑気な声がした。

「へ、返事? 何の返事だっ」

「俺だけのものになるっていう、アレですよ。俺はめでたくおたくのものになったのに、俺には全部くれないなんてずるくないっすか? 結局、約束する前に落ちたし。いつ公爵に報告します? 今夜?」

「そのようなことは時間外にしろっ。今は勤務中だ!」

顔を真っ赤にしながら場を弁えろと叱るも、サミュエルはどこ吹く風だ。

「今回、俺すごく頑張ったと思いませんか? お望みの本気、見せたでしょう? どうでした? 【グランゼロ】のときとどっちが格好良かったっすか?」

「どっち!? そ、そのようなことも今は聞くなっ。だいたい、お前の目的は上層部への報復だったのだろう？　こんなところで油を売っていいのか！」

「いいんっすよ。一番鼻を明かしてやりたい野郎には、多分一矢報いたんで」

聞き捨てならない台詞に、ブリジットは眉をひそめた。

「それって、まさか」

「でも、この展開すら公爵の手の内だったのかもしれませんけどね。まぁ、すんだ話なんてどうでもいいじゃないっすか」

場の雰囲気をまるで無視した自由さに目眩がする。

だが、この男はずっとこんな感じだったじゃないか。

（どうしてあの【グランゼロ】様がこうなったの！）

「言っときますけど、これが俺の素ですから。今後は【グランゼロ】に夢見すぎない方がいいっすよ」

そう言うや否や、何か言う前にサミュエルが素早く唇を奪った。

「愛してるよ、ブリジット」

蒼穹の瞳が一瞬艶然と煌めいて、ブリジットの心臓を鷲摑みにした。

ゆでたこみたいに顔を真っ赤にさせたブリジットを尻目に、口笛でも吹きそうな上機嫌で給湯室を出ていく。

その後ろ姿は今日も猫背だ。

「ば――っ、だからそういうところよ！」

どうして、あんな男に惚れたのか。

でも、そんなサミュエルが愛しくて大好きなのだ。

ギャップ萌え!

スカートの下には
秘密がある。
水戸 泉　イラスト／駒田ハチ

1　魔法列車の中には秘密がある。

（ど、どうしよう……）

ミリア・スフィールは、魔法列車の中で一人、震えていた。

生徒数一万人を超す超巨大魔法学校への通学列車はいつも満員で、身動きすらままならない。特に、ミリアの降りるセントラルマギカ中央駅は乗り換えの乗客も多く、殺人的な混雑だ。

そんな満員列車の中で、ミリアは今、見知らぬ誰かに臀部をまさぐられていた。

（だから満員列車は嫌なのに……）

ミリアの通う州立魔法学院は、たとえ貴族といえども公共交通機関で通学することを校則で義務づけられている。

理由は、『世間というものを学ぶため』らしい。

（もっとも、そんな校則なんかなくたって、うちは庶民だから自家用のマギア・カーやマギア・エアプレーンで通学するなんて無理だけど）

魔石をエネルギー源として動力を得るマギア・カーもマギア・エアプレーンも恐ろしく高価だから、貴族だって皆が皆、所持しているわけではなかった。

(魔法士になって、自分で空を飛べるようになっても、都市部の上空使用権は高額だし。結局庶民は一生、この満員魔法列車に乗るのかしら)

本当にこの満員列車はひどいとミリアは思う。学園都市とはいえ、一般企業も林立しているから、明らかにキャパオーバーなのだ。

(痴漢が出ても、逃げようがない……!)

ミリアはさっきからずっと身を捩り、痴漢の手から逃れようと試みていたが、そうすると周囲の大人たちから舌打ちをされるのだ。邪魔だからだろう。

ミリアは、泣きたくなる。声をあげて助けを求めたところで、舌打ちをしている周囲の大人たちが助けてくれるとはとても期待できない。

「や、やめてください」

精一杯の勇気を振り絞り、ミリアはそう声に出してみたが、痴漢が怯む様子はなかった。

ミリアはいよいよ絶望した。

(きっとこの制服のせいだ)

州立魔法学院の女子制服は、ヒラヒラしていて乙女趣味で、とても可愛いと評判だ。ミリアもそこに憧れて、受験勉強を頑張って入学したのだが、その時はまさかこの制服のせいで痴漢に狙われることになるとは予想もしなかった。

（あと二分。あと二分で駅に着く。そこで降りれば……）

あと二分だけ我慢して、やりすごそう。ミリアが諦めかけた、その時。

「ちょっと通して」

低めの声が、満員の車内に響いた。

「なんだよ」「痛ぇな」とぼやく大人たちの声が続く。誰かが、満員の車内を強引に掻き分けてミリアのほうへ近づいてきていた。

（背の高い……女の子だ）

怒った顔をして人の壁を押しのけ、ミリアに近づいてきたのは、長い銀髪の美少女だった。凛々しい顔立ちで、瞳は澄んだすみれ色。背が高い。まるで気高い女騎士のようだ。

「あんた、この子に痴漢してたでしょ」

低い声の少女は、ミリアの尻を触っていた痴漢の手首をねじり上げた。

痴漢は「ち、違う」と否定したが、すぐ横にいた会社員ふうの男が図らずも証言した。

「そうだ、こいつ、痴漢だぞ。俺も見てた」

さっき舌打ちをしていた男だ。気づいていたのなら舌打ちなどせずに助けてくれればいいのに、と思わないでもなかったが、この証言が追い風になり、周囲の男たちもミリアに味方してくれた。

「この痴漢野郎、次の駅で降ろして、警察に突き出そう」

「お嬢ちゃん、大丈夫かい。怖かっただろう」

「は、はい……。ありがとうございます」

ミリアがお礼を述べると、周囲の大人たちは一斉に『正義の味方』に豹変した。それを見届けると、背の高い少女は痴漢を彼らに引き渡した。ちょうどそのタイミングで、列車が駅に到着した。

「あっ、待って」

人混みに流されるように列車を降りていく少女の後を、ミリアは反射的に追った。

(まだちゃんと、お礼も言えてない)

しかし、ミリアの声は喧騒に掻き消されたのか、少女は振り向きもせず人混みを避けて、あっという間に改札を出ていってしまう。

(うそ、めっちゃ足が速い! 魔法使ってない!? これ!)

そうでなければ説明がつかないほどの速さだった。州立魔法学院に入学したてのミリアには、そんな魔法は使えない。

(もしかして、魔法学院の上級生? でも、見たことのない制服だった。どこの学校だろう)

制服好きのミリアは、近隣の学校の制服はすべて記憶している。そのミリアが知らないのだから、絶対にこの近辺の学校の生徒ではなかった。

（たまたま遠くから来て、乗り合わせただけなのかな。だとしたら、もう会えないかもしれない）

そう思うと、ミリアはかつてないくらいの焦燥に突き動かされた。どうしても、絶対に、あの少女にお礼が言いたかった。

「待ってー！」

叫びながらミリアは、彼女の後を追った。


「はぁっ……はぁっ……もう、息が、続かなっ……」

全力で駆けて、ミリアはなんとか少女の行き先を突き止めた。結局追いつけず、声をかけることはできなかったが、彼女が高い塀を跳び越えて去って行った場所はその目で確認した。

「でも、ここは……」

高い赤煉瓦（あかれんが）に囲まれた、偉容を放つその建物は、州立魔法学院よりもさらに格上の、王立魔法学院だった。

このヴァンデミエール魔法王国で、一流の魔法士となって王宮に勤務できるのは、王立魔法学院の卒業生だけだ。

ミリアの通う州立魔法学院では、地方の役所に勤めるか、民間企業の雇われ魔法士になるのが妥当な進路だった。

(ここの生徒だとしても、なんで正門から入らずに、壁を乗り越えたの？　不法侵入じゃないの？　いえ、それ以前に、ここは)

男子校なのである。

王立魔法学院は、初等科から男子部と女子部が厳密に分けられており、校舎も遠く離れている。この建物は男子部だ。

それに、さっきミリアが見た制服だって違う。王立魔法学院の制服は、男子も女子もカッチリとしたネクタイとブレザーだったはずだ。

(だけど、もうここしか手がかりはないし。放課後にもう一度来て、正門の前で張り込んでみよう)

ミリアはそう決めて、自分の学校へと急ぎ戻った。今から走っても、遅刻ギリギリの時間だった。

2　双子の兄妹には秘密がある。

放課後。ミリアは一人、王立魔法学院の正門の近くに張り込み、件の少女を探した。

（男子校の前で張り込むなんてはしたなくて目立つかと思ったけど、意外とそうでもなかったみたい）

名門校である王立魔法学院に通う男子生徒は、全国の女子の憧れの的だった。未来のヴァンデミエール魔法王国を担うエリート男子を今から射止めようと、たくさんの女の子たちが校門の前で待ち伏せしていた。

王立魔法学院の男子生徒たちもまんざらではないらしく、愛想よく応じたり、連絡先を交換したりしている。規則によって、彼らも通学にマギア・カーやマギア・エアプレーンは使えないから、『追っかけ』の女の子たちにとっては好都合だし、追っかけられる少年たちにとっても悪い状況ではないのだろう。

（だけど、わたしが捜しているのは女の子なのよね。よく考えてみたら、ここから出てくる可能性、なくない？）

目を皿のようにして彼女を捜していたミリアは、ふとそのことに気づいたが、とにかく人波が途切れるまでは待ち続けてみることにした。

と、その時、『出待ち』をしている女の子たちの間から、黄色い歓声が上がった。

「きゃあぁ！　アルベルト様！」

（えっ、誰？）

ミリアもつられて、声がしたほうを見やる。

そこには、黒髪の美少年がいた。

「アルベルト様！　お時間がありましたら、今日こそカフェにごいっしょしませんこと？」

「しない」

「あの、これ、アルベルト様に召し上がっていただきたくて。手作りのクッキーです」

「いらない」

アルベルトと呼ばれ、たくさんの女の子たちに囲まれている少年は、ひどく素っ気なかった。

が、ミリアが彼に目を奪われたのは、彼が美貌の持ち主だったからではない。

呆然と立ち尽くしているミリアに、学院の制服を着た別の少年たちが声をかけてきた。

「きみ、新顔だね。やっぱりアルベルト目当て？　紹介してあげよっか。その代わりきみも、可愛い友達を紹介してくれる？」

「い、いえ、あの」

それどころではなくて、ミリアはきょろきょろと視線を彷徨(さまよ)わせた。

(あの女の子と、そっくり……！)

アルベルトは、ミリアが捜しているあの少女とそっくりの面差しだった。髪や瞳の色は違うけれど、顔立ちはそっくりだ。

(双子のお兄さんか、弟さん？)

そうかもしれない、というより、もはや双子としか思えないほどよく似ていた。嬉しくて、ミリアは小走りで彼に駆け寄った。

「あのっ」

ミリアが呼びかけると、アルベルトは一瞬、ぎくりとしたように目を見開いた。

(やっぱり瞳の色が違う。あの女の子は、銀色の髪にきれいなすみれ色の瞳だった。だけどこの人の、闇色の髪と銀色の目もきれいだわ)

そんなふうに思い見とれながら、ミリアは彼に聞いてみた。

「突然すみません。もしかして、妹さんかお姉さんがいらっしゃいませんか。わたし、ミリア・スフィールと申します。今朝、通学中の魔法列車であなたにそっくりの女性に助けていただいたんです」

「え、アルベルト様、姉妹の方がいらっしゃったんですか？」

周囲を取り巻く少女たちの間から、驚きの声があがる。

アルベルトは、不機嫌そうな低い声で答えた。

「妹がいる」

「え、マジかよ、俺たちも知らなかったぜ」

「お前の妹なら可愛いだろ、紹介しろよ」

他校の少女たちだけでなく、アルベルトの同級生たちまで沸き立ったが、アルベルトは相変わらずぶっきらぼうだ。

「一緒に暮らしてないし、紹介はしない」

「えっ、紹介していただけないんですか……」

ミリアががっかりした声を出すと、アルベルトは口元に指をやり、「あ、いや……」と急に柔らかい表情を見せた。

ミリアは制服のポケットから、紙片を取り出した。

「あの、ダメもとで、妹さんに伝えるだけ伝えてくれませんか。どうしてもお礼が言いたくて……っ、これ、わたしのマギア・ラインのアドレスです！　失礼いたしました！」

元気よく挨拶して、ミリアはその場を立ち去ろうとした。すると、アルベルトは急に慌てたように引き留めた。

「あ、待って！」

「はい？」

ミリアが振り向くと、アルベルトはまた困惑した表情をしていた。

「あ、ええと……」

「一体どうなさったんです？　アルベルト様」

取り巻きの女の子たちが、一様に怪訝（けげん）そうな顔をする。アルベルトは少しためらったあと、思いきったように言った。

「途中まで、送っていく」

「えっ」

「ええーっ！」

ミリアは小さく、周囲の少年少女は大きく驚いた。

「あ、アルベルト様が、この子を送っていくの!?　ずるい！」

「アルベルトが、女を送っていくのかよ!?　珍しい！」

「あ、ありがとうございます」

周囲の反応は気になったが、ミリアは素直にその厚意を受け容れた。

（助けてもらったって言ったし、また何かあると困るからって、気遣ってくれたんだ、きっと）

それでアルベルトは送っていくと言ってくれたのではないかと、ミリアは考えた。

「本当にありがとうございます、助かります」

「いや」

こうしてミリアは、周囲の喧騒に見送られながら、アルベルトとともに帰途についた。

「あの路線、本当に痴漢が多くて。妹さん、すごく強いけど、見た目すごくかわいいから危険だと思います。お兄さんがいつも送ってあげてるんですか？」

道中、ミリアがそう言うと、アルベルトはなぜだかうれしそうに微笑んだ。

「……ああ。家が遠いから、たまにだけど」

（いいなー。わたしもお兄ちゃんがほしかったな）

一人っ子のミリアはそう思ったが、それ以上に気になっているのはアルベルトの妹のことだった。

「妹さんは、アンナさんっておっしゃるんですね」

「ああ。ずっと外国に行っていて、最近帰国したばかりだ」

アルベルトが教えてくれたのは、妹の名前がアンナであるということと、最近帰国したばかりだということだけだ。

それ以上突っこんで聞くのは、ミリアにも躊躇われた。

「今日は本当にありがとうございました。アンナさんにもよろしくお伝えください」

「わかった」

そんなふうに言葉を交わし、ミリアはアルベルトと別れ、帰宅した。

そして、その日の夜。

さっそく『アルベルトの妹』から、マギア・ラインに返事が来た。ミリア自身の瞳と同じ色の魔石をはめこんだマギア・ライン用の鏡は、ミリアの宝物だ。

この国では誰でも通信用のマギア・ライン・ミラーを所持しているが、女の子にとって自分のマギア・ライン・ミラーを如何に装飾するかは、ファッションや髪型と同じくらいセンスを問われる重大事だった。

ミリアは胸を高鳴らせながら、送られてきたメッセージを読んだ。

『兄からあなたのことを聞きました。お礼は結構ですが、一度お会いしたいです』

ミラーから空中に投影された文字列を見て、ミリアは一人、部屋で小躍りした。

「やったあ！」

実際のところ、ミリアがもう一度会いたかったのは、妹のアンナだったのだ。なぜだかミリアは、あの時自分を助けてくれた凜々しい少女のことが忘れられなかった。

（どうしよう、何を着て行こう⁉　あんな綺麗な女の子に会うんだから、わたしも頑張らないと……！）

それはまるで、恋をしているようなときめきだった。

（あの人の……アンナのマギア・ライン・ミラーにはめこまれた魔石も、アンナの瞳と同じ色よね。きっと素晴らしいすみれ色に違いないわ）

魔石には自分の魔力をこめるために、自分の瞳と同じ色の石を使うのが慣わしだ。アンナのマギア・ライン・ミラーにはめこまれているはずのすみれ色の魔石を想像するだけで、ミリアはドキドキして眠れなかった。

3　女の子どうしには秘密がある。

「アンナー、こっちこっち」

それから三ヵ月後。ミリアとアンナは、すっかり親しくなっていた。今では休日のたびに、一緒にカフェを巡ったり、買い物をしたりする仲だ。

（嬉しい！　夢みたい！）

今まで親友と呼べる友達がいなかったミリアにとって、アンナは初めての、手をつなげるくらいの親友で、しかもとびきりの美少女ときている。ミリアが有頂天になるのも無理はなかった。

アンナに向かって仔犬のように駆けてきたミリアを抱きとめて、アンナは言った。

「ミリア、足、速いよね。高速魔法は苦手なのに」

「魔法が苦手だから、せめてかけっこは速くなろうとしたんだよ。それでも最初の時、アンナには追いつけなかったし息が切れたよ。アンナはなんでも得意でいいなあ」

「別に、そうでもないけど。変化の魔法は苦手だし」

アンナが最初、王立魔法学院の男子部に消えたのは、兄であるアルベルトにこっそりと忘れ物を届けるためだったらしい。

競争の激しい王立魔法学院で生徒会長を務めるアルベルトにとっては、忘れ物一つだって許されない失態になるのだとミリアはアンナから聞いていた。

アンナは兄のアルベルトに似て、少しぶっきらぼうなところのある少女だった。が、不器用ながらも彼女の優しさは、ミリアには充分すぎるくらい感じ取れた。

今日も二人は、街中で可愛い服やアクセサリーを見る約束をしていた。

「アンナ、わたしの服を選んでよ。お小遣い貯めてきたから！」

「私が選んでいいなら、私の仕立てた服を着る？　実は今日、持ってきてる」

「ほんとに⁉　だからそんな大きな紙袋、持ってきてくれたの⁉」

ミリアは大はしゃぎだ。センスが良くて美しい友達に、服を見立ててもらえるなんて最高だった。

「あ、じゃあうちに行こう、アンナ。すぐに着替えて見せたいし」

「ミリアの家……行っても、いいの？」

なぜだかアンナが遠慮がちに言うから、ミリアはどんと自分の胸を叩いた。

「今日は家族みんな留守だから、遠慮はいらないよ。おうちの人がオーケーなら、うちに泊まっていかない？　アンナと夜通し、喋りたいよ」

「……泊まるのは、無理だけど。ミリアの家、行きたい」

「じゃあ移動！」

照れたようにうなずいたアンナの手を取り、ミリアは自分の家へ彼女を連れて行った。

道中、アンナは時間を見るために自分のマギア・ライン・ミラーをポケットから取り出した。その背面に埋めこまれた魔石を見て、ミリアは「あれっ」と声を出した。

「アンナの魔石、銀色なの？　瞳の色はすみれ色なのに？」

ミリアに指摘されると、アンナはぎくりとしてマギア・ライン・ミラーを手で覆い隠した。

「あ、兄貴のを、借りているの。ちょっと、事情があって……」

「そうなんだ。お兄さんの目も銀色で綺麗だよね」

いつもクールなアンナが慌てるのだから、本当に何か事情があるのだろうと察して、ミリアはそれ以上追及はしなかった。


自宅に友達を招くのも生まれて初めてで、ミリアははしゃぎっぱなしだった。

「アンナのおうちは貴族だから、きっとすごいお屋敷でしょう。うちは庶民だから、狭いけど。お茶はいいのを用意したんだよー」

「ミリアの部屋、かわいい。お茶、ありがとう。いただきます」

アンナはミリアの部屋でも礼儀正しく、お茶を飲んだ。なんだか緊張しているみたいで、
ミリアは微笑ましかった。

「じゃあさっそく、アンナが用意してくれた服、着てみるね。わあ、全部かわいい！　靴
まである！」

アンナが用意してくれた服はロリータ調で、サイズも好みもミリアにぴったりだった。

ミリアが着替え始めると、アンナはそっと目をそらした。

「アンナ、自分の服を仕立て直したって言ってたけど、靴は違うよね。アンナとわたしは
サイズが違うし」

「それは、誕生日プレゼント。少し……いや、だいぶ、早いけど」

「えーっ、うれしい！　じゃあわたしもアンナのお誕生日には、がんばっちゃうから！」

「そんな……私は、いいよ」

「何言ってるの、お祝いさせてよー！　あーもう、アンナとずっといっしょにいたい！」

ミリアはアンナのことが大好きで、つい抱きしめてしまう。アンナは拒みこそしないが、
ミリアに抱きつかれるといつも困ったように硬直していた。

「あ、くっつかれるの嫌だったら、言ってね。わたし、テンション高すぎって言われるこ

とあるから」

「い、嫌じゃないっ」

ミリアが気遣うと、アンナは「とんでもない」とでも言わんばかりの勢いで、ミリアを抱きしめる。

ぎゅうっと強い力で抱きしめられて、ミリアはくすくすと笑った。

「アンナ、力強くて、ちょっと気持ちいい」

「え、あっ、ええと、本当は痛い……？」

「ううん、ほんとに気持ちいいよー」

ミリアもアンナの背中をぎゅーっと抱き返す。上等の衣服に包まれたアンナの体は、少し硬い感触がした。

「ミリア」

「ん、なに？」

抱き合ったまま、アンナがミリアの名前を呼んだ。が、何かを言いかけて、アンナは結局、何も言わなかった。

「……なんでも、ない」

それから数日後。ミリアは、魔法通信の端末を毎日眺めてはため息をついていた。

（アンナ、最近どうしたんだろう。ぜんぜん返事をくれない）

以前なら送信してすぐに既読がついて、返信も来たのに、ここ数日、アンナは何度ミリアがメッセージを送っても、既読さえつけてこなかった。

（具合、悪いのかな。何かあったのかな。それとも……）

もしかして、自分はアンナに嫌われてしまったのではないか。

そう考えただけで、ミリアは悲しくて泣きそうになる。

（わたし、何かアンナに嫌われてしまうようなこと、しちゃった？　もしかして、距離感が近すぎた？）

自室で鬱々と悩んでいるミリアのマギア・ライン・ミラーが、ミリアの期待に反応したかのようにブブブと振動した。

「アンナ!?」

ミリアはベッドから飛び起きて、鏡から投影される文字列に見入った。

メッセージは確かにアンナからのものだった。しかし。

「う……うそ……」

そこに書かれていたメッセージは、ミリアにとって残酷なものだった。

『ごめん。やっぱり、ミリアとは友達ではいられない』


「どうして!?」

　ミリアは一人、声に出して叫んでいた。

『わたし、アンナに何かしちゃった?』

　高速でメッセージを送り返すと、いつもより数分遅く、アンナからの返信が届く。

『違う。ミリアが悪いんじゃない。ミリアは全然、悪くないから』

『じゃあどうして?』

　問い返すと、今度は返事がない。ミリアは、自分の心臓が早鐘を打っている音を聞いていた。

『どうしても言えないことなら無理には聞かないけど……本当は、聞きたいよ。アンナのことなら、なんでも知りたい』

　そのメッセージを送信した直後、しつこくし過ぎて嫌われたのでは、とミリアは思い直す。

『もちろん、アンナが嫌じゃなかったら、だけど』

　それから、アンナからの返信が来るまでの数分間は、ミリアにとっては針の筵(むしろ)に座らせられているかのような、永遠にも似た苦痛の時間だった。が、アンナから届いた返信は、ミリアが予想したよりは希望が持てるものだった。

『……会って直接話すのでもいい？』

『もちろん！』

ミリアは即答の勢いで返信した。

ともあれ、アンナに会えるのがうれしかった。


そうして、身を焦がすようにして待ちかねた週末がやってきた。アンナが指定したのはミリアの自宅で、ちょうどその日も両親は留守だったため、真剣に話すのには外よりも好都合だ。念入りに部屋を掃除して、上等のお茶を用意して、ミリアはアンナの来訪を待ちわびた。

約束の時間ぴったりに、ミリアの家の呼び鈴が鳴った。ミリアは飛び上がるように椅子から立ち上がり、玄関へ向かう。

「いらっしゃい、アンナ……あれ？」

玄関の扉を開けて、外に立っている来訪者の姿を見た瞬間、ミリアは呆然とした。

てっきり、アンナがいると思ったのに。

　そこにいたのは、アンナの兄であるアルベルトだった。身長はアンナと同じくらいだが、髪と瞳の色が違う。アンナは銀髪にすみれ色の瞳、アルベルトは黒髪に、銀の瞳だ。鞄だけは、アンナがいつもたくさんの洋服やメイク道具を入れている大きな肩掛け鞄だった。

「あの……？　アンナは……？」

　おずおずと、ミリアはアルベルトに聞いてみた。

　もしかしてアンナは、自分では言いにくくて、お兄さんに伝言を頼んだのだろうかともミリアは考えたが、違った。

「ごめん」

　アルベルトはミリアに向かって、深く頭を下げた。

「俺が、アンナだ」

「え、え、え……？」

　咄嗟（とっさ）に何を言われたのかわからず、ミリアは目をしばたたかせる。

　からかわれているのかとも疑ったが、アンナはそんなひどいいたずらをするような人ではなかったと思い直す。

「えっと、あの、とにかく……家に上がって」

　ミリアは、なかなか動こうとしないアルベルト（自称アンナ）を、二階の自室まで引っ張って行った。こんな込み入った話を、玄関先で立ったまましたくなかった。

アルベルトは最初は固辞したが、ミリアが強引に言えば拒否はしなかった。というよりも、できない、というような顔をしていた。

「あの……本当なの？　さっきの、話」

お茶を淹れて一息ついた頃、ミリアは重い沈黙を破りアルベルトに聞いた。

「本当に、あなたが……アンナなの？」

「後ろを向いていて」

信じられない、という様子のミリアに、アルベルトが告げる。ミリアは言われた通り、後ろを向いた。

それから数分間、衣擦れの音がした。着替えているのだろう。それに、メイクもしている気配がする。アンナとはそういう遊びをたくさんしたから、ミリアには見なくてもわかるのだ。

「もういいよ。こっち、向いて」

確かにアンナの声で言われてミリアが振り向くと、そこには確かに、アンナがいた。

「ああ……！」

ミリアは慟哭にも似た声をあげる。

「アンナ……本当に、アンナだったんだ……！」

「………」

アンナに姿を変えたアルベルトは、じっと押し黙っている。ミリアの驚きは、止まらない。

「それ、カラーコンタクト……？」

ミリアはアンナのすみれ色の目を指して聞いた。アンナはこくりと頷いた。

（だから、アンナのマギア・ライン・ミラーにはめこまれた魔石は、銀色だったんだ……）

ミリアは合点した。銀色が、本当のアンナの、否、アルベルトの瞳の色だ。

「そんな……あんなに可愛いアンナが……男の子だなんて……」

「騙すつもりじゃなかった。ただ、ミリアといると……楽しくて」

「わ、わたしも、だよっ」

弾かれたように、ミリアも言い返す。

それだけは確かに、変えられない真実だ。

「驚いたけど、アンナはアンナだよ。中身が男の子だって構わないわ。このまま友達でいるのは、だめなの……？」

「だめ、というか、無理だ。ごめん」

ミリアの願いを、アンナはつらそうに却下した。

それでもミリアは食い下がる。

「アルベルトの……いいえ、アンナのこと、誰にも言わないよ。知られたくないなら、絶対秘密にする」

　それでもアンナは、首を縦には振らない。

　ミリアの目に涙が浮かんだ。

「わたしね、昔いじめられてたの。だから進学先は少し遠い、州立魔法学院にしたんだけど、やっぱり友達、できなくて……」

「ミリアをいじめる奴なんて、いるのか」

　突然、男らしい低い声で言われてミリアは驚いたが、ここで自分が驚いたら、アンナことアルベルトを傷つけてしまう。ミリアは今後、一切そのことでは驚かないと決意した。

「アンナが、初めてできた友達なんだよ……」

　それはまるで、愛の告白だった。ミリア自身がそう自覚しなくても、アルベルトの耳にはそう聞こえた。

　アルベルトは、アンナの姿のままミリアの細い体を抱きしめた。

「ひゃっ⁉」

　これにはさすがに、ミリアも驚きの声をあげる。

　アルベルトは、切実な声で告げた。

「違う。ミリアが……」

　説明困難なことを、じっくりと嚙み砕くように、まるで自分自身の気持ちを確かめるように、アルベルトは言葉を紡いだ。

「ミリアが、かわいいから。かわいすぎるから、無理なんだ……ごめん……！」

それだけ言うと、アルベルトはミリアを突き放し、部屋から出て行こうとした。ミリアは両腕を伸ばし、体ごとぶつかる勢いでそれを止めた。

「ま、待って！」

「……ッ……」

背中からミリアに抱きしめられて、アルベルトは氷結の魔法をかけられたかのように立ちすくむ。

「わたしのこと、嫌いになったんじゃ、ないの……？」

「嫌い、なわけ、ないだろう。ミリアを、嫌いになるなんて……」

そんなこと、世界がひっくり返ったってあり得ないとでもいうような口ぶりで、アルベルトが答えた。

それを聞いて、ミリアは心底安堵する。

「よかった……」

ミリアは、アルベルトの背中に頬を押しつけた。

「かわいいってだけなら、問題ないじゃない……？」

「ある。おおありだ。それが一番の問題なんだよ」

アルベルトの声は深刻だったが、ミリアにはその『深刻さ』の理由がわからない。

「どうして」と食い下がるミリアに、アルベルトは大声で言った。

「俺は、男なんだよ！　ミリアに欲情する！」

「――――――――――――！」

アルベルトが振り向き、ミリアと正面から向かい合う。その顔は確かに、少年であり男の顔だった。そのことにミリアは、初めて気づいた。

「だから、これ以上はいっしょにいられない。ごめん……」

「それは……」

もじりと、ミリアは足の爪先で絨毯をなぞった。

「えっちなこと、したくなっちゃうから、ってこと……？」

「……!!!!」

ミリアらしからぬ直截さで言われて、アルベルトは顔を赤くした。図星、という顔だった。

それを見てミリアは確信し、覚悟を決めた。

「……いいよ、『アンナ』なら」

「いい、のか……？　俺は……」

「でも、一つだけ、お願い事をしてもいい？」

「いい。なんでも……」

ミリアを間近にして、アルベルトはまるで魔法にかかったように、ミリアの言うなりだった。彼の心は完全にミリアに奪われてしまっていた。

ミリアは爪先立ちで、アルベルトの耳元に、こっそりと囁いた。

それは、二人だけの秘密だ。

4　二人だけの秘密がある。

「こんな格好で、本当に、いいのか……？」

　二人は交代でシャワーを浴びた。化粧を直し、さらに完璧に『アンナ』に戻ったアルベルトは、ミリアの前で複雑そうな面持ちだった。

　アルベルトの、よく見れば女の子よりは骨張っている長い指を、ミリアは自分の胸に引き寄せる。

「うん。男の子の格好をされてると、ちょっと怖いから」

「わかった。ミリアが言うなら、そうする」

　アルベルトは、毛並みのいい賢い犬のように、ミリアに対して従順だった。

「ありがとう、アンナ。いえ、アルベルトって呼んだほうがいい？」

「アンナがいい。ミリアが許してくれるのなら」

「じゃあ、アンナ。大好きよ、アンナ……」

　優しくて、かわいくて、美しくて、強いアンナ。それはミリアが大好きなアンナで間違いない。

「キス……したい」

女の子の姿をしたアルベルトが、ミリアにねだる。

「いいよ……」

ミリアが応じると、アルベルトは小鳥がするようなキスをした。

（顔、近づけて意識してみると……やっぱり男の子っぽい、かも）

いつも服で隠されていたアンナことアルベルトの手首は、ミリアが認識していたよりは太く、骨張っていた。そういえばアンナは頑なに、首を露出する服は着なかったことを今さらながらにミリアは思い出す。

「胸……触っても、いい……？」

「うん……でも、優しくね……」

「わかった」

ミリアの服のボタンを、アルベルトは片手で外した。アルベルトはミリアよりも、女の子の服飾に通じている。

（そういえば、アルベルトはどうして女の子の格好をしてたんだろう）

さっきは衝撃が大きすぎてそこまで気が回らなかったし、聞いていいものなのかどうかもわからない。

ミリアは、それを聞くのは『あとの楽しみ』に取っておくことにした。

（ふふっ……変なの。楽しみだなんて思っちゃってる）

「くすぐったいのか？　ミリア」

「ううん、平気」

ミリアは愛しげに、アルベルトの左手に頬ずりした。右手は今、ミリアの胸に触れようとしていた。

「ブラ、外しても、いい……？」

「……うん」

少し躊躇いがちに、ミリアは頷く。アルベルトは性急さを押し隠すように、ゆっくりとミリアの下着を外し、胸をあらわにさせた。

小振りの乳房が、魔導灯の灯りに照らされ、橙色に輝いている。アルベルトの、男にしては美しすぎる指が、そっとその乳房を持ち上げた。

「柔らかい……本物の、女の子だ……」

感動と感嘆が入り交じったような声だった。

最初は遠慮がちだった指が、徐々に大胆さを増していく。乳房のすべてに触れられて、ミリアはぞくりと肌を粟立たせた。

「あっ……」

「ずっと、本物の女の子になりたかったんだ。ミリアみたいな、かわいい女の子に……」

「か、かわいい？　わたしが……？」

アルベルトの指に翻弄されながら、ミリアは意外に思い、聞き返す。かわいいというなら、女装したアルベルト、いやアンナのほうがよほどかわいかった。

アルベルトは淡々と、説得するように言った。

「かわいいよ。小さくて、ふわふわで、いい匂いがして……ミリアは、世界一かわいい」

「アンナのほうが、ずっときれいだよ」

「きれいじゃ駄目なんだ。かわいくないと」

アルベルトはゆるく首を振った。どうやらそれが、アルベルトが女装していた『理由』らしい。

「だけど、やっぱり俺は男で……ミリアみたいなかわいい子に、欲情しちゃうんだよ」

自嘲気味に、アルベルトが笑う。

その瞬間、ミリアは体の芯を貫くような快感に身を震わせた。ミリア自身も、アルベルトに触れたいと思った。

「アンナのも、触っていい……？」

「俺のは、真っ平らだし……硬いよ」

「いいよ。アンナの、触りたい」

ミリアが言うと、アルベルトは頑なに隠そうとしていた体をそっと開くように服を脱いだ。

（かわいい、っていうより、やっぱり『きれい』っていうほうが正しい感じがする、アンナ……いえ、アルベルトの体）

初めて男の子の体に触れてみて、ミリアも感動していた。ミリアの知る男の子たちは皆乱暴で意地悪で清潔感もなかったが、アルベルトは――アンナは、別格だった。

二人はしばらく、お互いの体を確かめあった。

（ふわふわする……）

気持ちが、ふわふわと浮き立つ。そんな感覚は、ミリアには初めてだった。

「ミリアのここ、硬くなってきた」

「ん……やっ……」

不意に胸の突起をつままれ、アルベルトに指摘されて、ミリアはぴくっと肩を震わせ反応した。

「ここに、キスしてもいい？」

「う……ん」

アルベルトの顔が、ミリアの胸元に沈む。アルベルトの、薄くて形のいい唇がミリアの果実に触れた。

「ひぁっ……」

そこはミリア自身が想像していたのよりも、ずっと敏感だった。キスされただけでますます硬く縮こまり、反応を示してしまう。

最初はそっと唇で挟むだけ。やがてアルベルトは舌を差し出し、ちろちろと小刻みにその突起をくすぐった。

「あ、んっ……」

「甘い」

「え、う、うそ、味なんか……っ」

するわけがないと、ミリアは真っ赤になって否定する。ちゃんとシャワーは浴びている、と。

「でも、甘いよ。砂糖菓子みたいだ」

「やあっ……噛んじゃ、だめ……っ……あ、ァ、ん……っ！」

アルベルトはミリアの突起に角度を変えて何度も口づけ、甘噛みし、やがて舌を絡めて吸った。ミリアはアルベルトの髪を掻き抱き、身悶えた。

「ミリア……ミリア、かわいい……」

アルベルトはミリアに、夢中の様子だった。ミリアも、その熱がうつったかのように、アルベルトに惹かれてしまう。そのままの勢いで、二人はベッドになだれこんだ。

ミリアの小粒な部分を堪能し終えると、アルベルトは躊躇いがちにミリアのスカートに手をかけた。

「下は……だめ、かな」

「……いいよ」

熱に浮かされたように、ミリアはするりと下着を下ろした。さっき二人とも、シャワーは浴びた。

ミリアの足を開かせて、アルベルトはそこに顔を近づけた。

「これが……女の子の……」

アルベルトはミリアの女の子の部分に指を添え、そっと左右に拡げ、中を見た。

「やっ……そんなに、見ないで……」

ミリアが恥ずかしがり、アルベルトの頭を太ももで締めつける。

「すごい、ピンク色だ。中も、外も。女の子って、きれいだ……」

「ひゃうっ……！」

入り口をなぞられ、ミリアの蜜孔はひくっと痙攣（けいれん）する。

「柔らかい、ゼリーみたい」

「ん……やぁ……」

「ここ、剝いてもいい……？」

アルベルトが押して尋ねたのは、ミリアの花弁の上部の真珠粒だった。ミリアは顔を赤くしたまま、こくりと頷いた。

「……ん……」

薄皮に包まれたその部分を、アルベルトの指が押し上げる。すると、秘めやかな真珠粒が、ぷっくりと存在をあらわにさせた。

「あ……かわいい……小さい……クリ●リス」

「はぁ、んっ……！」

指の腹で、くり、と押されて、ミリアの膝が跳ねる。

「いじったら、大きくなるかな」

「やぁっ……知らな、ぃっ、あぁっ……ん……っ！」

そこが大きくなるなんて、ミリアは知らなかった。

アルベルトは指の腹で円を描くようにそこをなぞり、やがて上部を指でつまみ、優しく上下にしごいた。

「ひ、ぅ、あぁ……っ!?」

体中のどこに触れられた時よりも激烈な快感が、ミリアの下腹から全身に拡散した。花弁の中からも、熱い蜜がこみ上げてくる。

「少し、大きくなったね……でもまだ、小さい」

「そんな……大きく、ならない、よ……」

「そうかな」

アルベルトはミリアの反応を確かめるように、もう一度ミリアの花弁を指で開いた。くぱ……と指で暴かれたそこから、とろりと熱い蜜が溢れ出す。

「やあぁっ……そんな、拡げ、ないでぇっ……!」

「ミリアはどこも、小さくてかわいいな……俺のは、もうこんななのに」

アルベルトも、スカートの中から自身を晒した。女物の制服には相応しくない、雄々しい屹立が下着からはみ出している。

「んんっ、ぅっ……」

ミリアはアルベルトに押し倒され、深く唇を重ねられた。さっきの、小鳥のようなキスとは違う、大人のキスだった。

「どうしよう……俺、変になってる……」

ミリアの下腹に、太くて硬いものが当たる。

ミリアは優しく、アルベルトに告げた。

「変じゃ、ないよ……」

「ミリアの中に、これ、入れていい……?　無理、かな……」

吐息を荒くして、アルベルトが尋ねる。ミリアの息も荒かった。

「ん……やって、みる……?」

頬にキスしてミリアが聞くと、アルベルトは嬉しそうに微笑んだ。

コンドームをつけて、アルベルトはミリアの少女の部分に、自身をあてがう。が、それは簡単には入らなかった。

「はぁ、ん、だめ、ぇっ……! そこ、こすり、つけたらっ……」

濡れすぎている蜜花を、硬いものでぬるぬるとこすられて、ミリアは快感に背筋を撓らせる。

「でも、ミリアのここ、気持ちいい……どんどん溢れてきてる」

優しく押し潰されたり、ぐいぐいと押し出すように突き上げられるたびに、ミリアの真珠粒は愛らしく歪み、形を変える。アルベルトは陶然と呟いた。

「すごい……濡れてる。ここを押すと、ピュッ、って、こっちから蜜が……」

「やあぁっ……えっち、なこと、言わない、でぇっ……っ!」

恥ずかしさに、ミリアが泣き喘ぐ。アルベルトはミリアの小さな淫孔を、指で確かめた。

「ん、ぁぁぁっ……!」

ぬるりと指が入ってくる。ミリアには、初めての感覚だった。アルベルトは少しの間、ミリアの中を指でまさぐり、確かめた。

「指は……入るね。けど、やっぱり中、きついな……こんなに濡れてるのに」

「ふあ、ぁっ、やぁ、んっ……！」

アルベルトの指で媚肉の中をクチュクチュと掻き回されると、ミリアの下腹部に得も言われぬ感覚が走る。

アルベルトが指を引き抜こうとすると、ミリアのそこはまるで引き留めるように彼の指に吸いついた。

「ミリア、ここ、気持ちいいの……？」

「やぁっ、知らな、いっ……！」

脈打つミリアの下腹を撫でながら、アルベルトはうっとりと呟いた。

「本当に俺の、入るかな……」

アルベルト自身が懸念するのも無理はなかった。アルベルトの雄蘂（おしべ）は、その美しいかんばせとは裏腹に、太く、逞しい。反り返ったその切っ先は、スカートの裾を持ち上げていた。

「や、優しく……ゆっくり、ね……？」

びくびくと怯えながら、ミリアはなんとかそう告げる。ミリアに許可されて、アルベルトは嬉しそうだった。

「ミリア、自分でここ、拡げていて」

「えっ……」

ここ、とアルベルトが示したのは、ミリアの蜜口だ。

「そんな……」とミリアは躊躇ったが、確かに自分で拡げておかないと、アルベルトのものは入りそうもない。

「ミリアのここ、小さすぎて入れにくいんだよ。駄目、かな」

「ん……っ」

仕方なしにミリアは、太ももの外側から手を回し、自分の指で花弁を拡げた。

「あぁっ……」

濡れた花弁が、極限まで開かれて、中を晒している。外気の冷たさまで感じられて、ミリアの体はますます熱くなる。

(これ以上は、無理……っ)

「わ、すごい……中まで見える。きれいなピンク色……」

「み、見てないでっ、早く、してぇっ……！」

「ミリア、すごい。それっておねだり？」

「バカッ、そうじゃな、あ、あぁ、んっ……！」

アルベルトが、性急にミリアにのしかかった。ミリア自身が拡げてくれたその部分に、今度こそ的を外さず、ずぶりと太い亀頭がのめり込む。

「ンッ、う、あああぁっ……！」

あとはなし崩しだった。アルベルトは体重をかけて、ミリアの中に自身を収めていく。大きすぎるそれを、なんとか上手に呑みこんだ。破瓜の血は一筋流れたが、初めてにしてはミリアのそこは柔軟だった。

「はぅ、んっ！」

ぐいと腰を掴まれ、引き寄せられると、さらに深く入ってくる。

「あぅうっ……！」

「ん……ん、……意外と、入る……？」

アルベルトも、なんとかミリアを気遣いながら、自身の快楽に感じ入っている。

「こんなにちっちゃくて、かわいい孔なのに……俺の、こんなぶっといのが、入っちゃうんだ……」

「あぁっ、だめ、ぇっ、ゆっ、くり、してぇっ……！」

さらに深く、ずぶずぶと根元まで収められて、ミリアは喘ぐ。やがて二人はぴったりと重なった。

「あ……入っ、た……全部、俺のが、ミリアの中に……」

「はぁっ……う、あぁっ……アンナの、おっきぃ、よぉっ……」

初めてのことにミリアは息も絶え絶えだ。アルベルトのほうは、ひたすらミリアに溺れている。

「こんな、気持ちいいの、やばい……おかしく、なる……っ！」

「あ、動い、ちゃ、やだあぁぁっ……！」

ずぷっ、ずぷっ、と激しく出し入れされ、柔肉が歪む。ミリアは痛みをあらわにした。

「あ……ごめん」

ミリアの声にアルベルトは我に返り、ミリアを優しく愛撫した。

「こうしたら、気持ちいいかな……」

「んん、ぅっ……」

動きを止められ、胸の尖りをくりくりとつままれて、ミリアの吐息が甘くなる。

「さっき、ここ、感じてたよね」

「ん……ん……」

「それから、ここも」

「ふぁ、あんっ……！」

結合部分にも、アルベルトの触手が伸びる。

さっき暴かれた陰核をつままれ、ぬるぬるとこすられて、ミリアは激しく身悶えた。

そこを弄られると、ミリアはきゅぅんと隧道に含んだアルベルトのものを締めつける。

「あ、いい……今の……」

その蠢きは、アルベルトをますます悦ばせた。

「やぁ、んっ、それ、だめ、ぇっ……！　変に、なっちゃ、あぁっ……っう！」

繰り返される淫行に、ミリアは頭が変になりそうだ。

「いいよ……ミリアも、変になってよ。変になってるミリア、見たい」

アルベルトの顔は、少女のように美しいのに、その時は確かに男の顔をしていた。

「クリ●リスの芯、コリコリすると、俺のちん●に中が吸いついてくるの……ミリア、いやらしい」

「やぁっ、違、ぅ、もんっ、わざと、じゃ、なっ……あぁんんっ！」

「好きだよ、ミリア、好き……愛してる、ミリア」

ちゅっ、ちゅっ、とミリアの耳に短いキスを繰り返しながら、アルベルトは告白する。

「初めて見た時から、こうしたかったんだ……ミリアを、俺だけの女の子にしたかったんだ」

「はうぅぅっ！」

奥までこすりつけられ、柔毛がこすれあう。

密着した恥部の狭間で、ミリアの真珠粒が押し潰され、その刺激にミリアは堪らず、アルベルトのものを咥えこまされている蜜筒をヒクつかせた。

「かわいい、ミリア……！」

「んぅぅぅっ……！」

　今度は息もできないような深いキスをされ、ミリアは呻いた。

　両腕でアルベルトの背中を抱きしめ、両足を彼の胴に絡ませ、なんとかその激しい注入を受け止めようとする。

「他の男になんて触らせない。ミリアは、一生、俺の……俺だけの……！」

　言いながら、アルベルトは取り憑かれたようにミリアを貪り、懊悩させた。胸の突起を弄り、蜜肉を犯しながら淫芽を扱くと、ミリアはいよいよ初めての絶頂へと追い詰められた。

「だめぇえっ！　変なの、来ちゃうぅっ！」

「俺も……っ！」

　いよいよ絶頂を予期して、アルベルトはぎゅぅっと抱きしめた。

「かわいい……かわいい、ミリア……俺だけの、ミリアでいて……！」

「あ、あ、ぁあ――ッ！」

　ぐりぐりと奥までこすりつけられ、同じタイミングで淫芽を押し潰されて、ミリアも絶頂した。アルベルトの雄蘂も、ゴム越しにミリアの中で弾ける。

「俺だけのミリアでいてくれる？」

　荒い呼吸が落ち着いた頃、アルベルトは重ねてミリアに尋ねた。ミリアは恥ずかしくて、アルベルトの背中を両腕で締めつける。

「もともとアンナしか、友達、いないよ……っ」

「よかった」

「それ、よかったって言うところ……？　もう……」

ミリアはアルベルトの額に、こつんとおでこを当てる。すると、胎内に含まれたままのアルベルトのものが、また硬さを増した。

「ミリア……もう一回」

「もう、今日は、だめ……っ」

ミリアはアルベルトを、押し返した。

「初めて、なんだからね……っ」

「うん……」

アルベルトはミリアに言われ、仕方なく自身を引き抜く。が、しばらくは名残惜しそうに、ミリアを抱いて離さなかった。

5　二人の間に秘密はない。

それから二人の、奇妙な『恋人関係』が始まった。

アルベルトはミリアを、正式に自分の恋人として同級生に紹介した。

同級生たちは「あの堅物のアルベルトが、こんな可愛い彼女をいつの間に作ったんだよ」と囃(はや)し立て、ミリアの同級生やアルベルトの取り巻きの少女たちは「あんな地味な子が、どうして」と悔しがった。

『男装』している時のアルベルトはぶっきらぼうで、男らしい。だが、ミリアだけは知っている。

アルベルトの、『本当の姿』を。

『男装』している時のアルベルトとのデートは、映画館や遊園地。彼は俺様体質だけれど、完璧にミリアをエスコートしてくれる。

けれどアルベルトが本当に楽しみにしているデートは、ミリアと二人きりで、両親のいない家に引きこもる時だった。

その日も、待ちに待った特別なデートの日だった。女装したアルベルトは、ミリアの部屋で彼女にのしかかられていた。

ミリアは可愛らしい制服姿で、嗜虐的な笑みを浮かべていた。

「いっぱい意地悪されたから……今度はわたしが、アンナに意地悪してあげる」

「え……」

アンナことアルベルトも、可愛らしい制服姿でミリアに乗られて、まんざらでもなさそうだ。

「女の子なのに、ここを、こんなにおっきくして……」

ミリアが、アンナのスカートをめくる。スカートの下には、少女らしくない大きな屹立が、フリルの下着を押し上げてそそり立っていた。

「悪いアンナ」

「そ、れは……っ」

アンナは恥じらうように顔を背ける。そういう時のアンナは、あの男らしいアルベルトとは別人だ。

「わたしの、おなかの奥まで届いちゃったよ？　これ……」

これくらいまで、とミリアは自分の臍の下に触れる。アンナが、恥じらいを隠すように男言葉で応じた。

「大きいのは……本当は、嫌なんだけど。仕方ない、だろ……っ」

「ん……そうだね。じゃあ、小さくしてあげる」

いたずらっぽくそう言って、ミリアはアルベルトの下肢に顔を沈めていった。下着を下ろし、すでに反り返っている硬いものに、ちゅっと小鳥のようなキスをする。

「う、あっ……ミリ、ア……ッ」

びくっ、とアルベルトの膝が跳ねる。

口に含まれるのは、アルベルトも初めてだった。忌避感があるのか、戸惑いをあらわにする。

「だめ、だっ、て……それは……！」

聞き入れず、ミリアはアルベルトの切っ先でちろちろと舌を動かした。たったそれだけで、アルベルトのものはますます大きさを増す。

「もっと、大きくなっちゃった……どうしよう？　これ……」

どうしよう？　と言いながら、ミリアは自ら胸をはだけ、アルベルトのそこに押しつけた。アルベルト自身が焦がれてやまない、『女の子』の柔らかい部分だ。

「くっ……」

アルベルトは何かのスイッチが入ったかのように豹変し、ミリアと体勢を逆転させ、押し倒した。

「ミリアが、悪いんだ……挑発、するから……！」

「きゃっ……⁉」

一旦押し倒したミリアの体を、アルベルトは性急に反転させた。そのまま腰を摑まれ、後背位で貫かれて、ミリアはぴくりと背中を反らせる。

「や、あぁっ、深、いぃっ……っ！」

すでに何度かセックスをしているが、後ろからされるのは初めてだった。後ろからだと、体内でアルベルトのものが『当たる』感じが違っていて、それがミリアを戸惑わせ、懊悩させた。

「はあ……っ……はあ……っ……ミリア……好きだ、ミリア……ッ！」

「あうっ、ン、ああっ……！」

美しい少女の姿態をしながら、アルベルトのセックスは激しかった。肌がぶつかりあう音が響くほど打ち付けられて、ミリアの柔肉が悦楽に歪む。

「熱くて、おっきくて……おなかの、中、ぁ……変に、なっちゃう、のぉっ……！」

ミリアは床に突っ伏して、自らの指を嚙んだ。

「い、いけない、ことっ、なのに……ん……あぁぁぁっ……！」

「ミリア、結婚して……卒業したら、すぐに……！」

アルベルトは今や、ミリアの虜だった。愛を囁きながら、ミリアの子宮の入り口にまで自身をこすりつける。まるで種付けか、マーキングだ。ミリアはそこでも感じることを知ってしまった。

「あ、はぁぁっ……！」

ミリアの中で、アルベルトがどくんと爆ぜる感触がした。

「ミリア……」

「ん……」

唇を求められて、ミリアも振り向き、素直に舌を差し出す。

男らしいアルベルトの、こんな『顔』を知っているのは自分だけなのだと思うと、ミリアの胸にも愛しさがこみ上げた。

国王近侍と王宮女官
川奈あめ　イラスト／コトハ

同郷人サイラス・スプリングフィールドと王都の宮廷で二年ぶりに再会したとき、ミカエラ・スノーは、彼は人違いだと思った。

記憶にある一緒に野山を駆けまわった幼馴染みの少年と、目の前の洗練された物腰のうつくしい男性とが、あまりに違いすぎて。

芸術品のような刺繡が施されたジュストコールの上着は品良く自然に彼のすらりとした長身に纏われ、生まれてこのかた絹以外を身に着けたことがないかに見えた。

けれど回廊に差し込む春の光に輝くみごとな黄金色の髪や、いかにも利発そうな深い空色の瞳は、見間違えようもなかった。

だからミカエラは、そこが大勢の官人が行き来する宮廷の回廊であることも忘れて、

「サイラス、元気だった？　たった二年でずいぶん見違えちゃった。これ、ひよどり辻のおばさんの干し杏、大好物だったでしょう？　あと牧場のおじさんから羊毛（ウール）の膝掛けと、それと、あなたのおばあさまや村のみんなからの手紙も預かってきたの」

と、大きな古ぼけた旅行鞄から、意気揚々とあれこれ取り出そうとしたのだけれど、
その前に、上品な発声の耳に心地よいテノールが、ふわりとかぶせられた。

「ああ、きみがミカエラ・スノー？」

隣の女官長に向けて軽く頷く。

「ええ、州政官から手紙が来て、彼女の話は聞いています。私と同郷だそうですね。そう、

これもなにかの縁でしょう、困ったことがあったらいつでも頼ってください、ミカエラ殿」

「え……、と」

ミカエラは状況が呑み込めず、鞄を開けかけた姿勢でただただにこやかに感じ良く微笑む彼を見返すしかなかった。

まるで、初対面かのような台詞だった。

言葉を返せず突っ立ったままのミカエラの横で年輩の女官長が如才なく、この者はたった今上京してきたところで、生まれて初めて目にする宮廷のきらびやかな殿方に緊張してお返事もままならないのです、と助け舟を出してくれた。

「けれどサイラス殿、ご容赦くださいますでしょう？　ましてそれが宮廷随一の殿方と謳われる、今をときめく国王近侍殿とあらば無理からぬことですもの」

「からかわないでください、女官長殿。初々しい新人が真に受けてしまいます」

と、華やかな容貌を少し困ったように含羞(はにか)ませ控えめな態度で否定する『国王近侍殿』とやらは、それから再びミカエラのほうを向くと、

「私たちの州では初めて出た王宮女官だそうですね。同郷の者として誇りに思います。おめでとう、国王陛下にお仕えする栄誉を胸に、よく勤めてください」と祝いの言葉を与えた。

その爽やかな笑顔や、「では失礼、私は陛下の御前に」と軽やかに裾を翻す一挙手一投足からさえもきらきらと光の粒がこぼれ落ちるかのようないかにも宮廷風の美男子の後ろ姿を長い長い回廊の向こうへ見送って、ミカエラは、

(――ああ、そうか)

と、やっと理解した。

やはり、人違いだったのだ。

今のあの人は、幼馴染みとは同姓同名の、他人の空似だったのだ。出身州まで同じというのはすごい偶然だけれど、世の中には不思議なことがままあるものだ。

(まるで、おとぎ話の王子さまみたいな人だったな)

ふう、とだいぶ遅れてついた溜め息とともに、祖父のおさがりの重たい鞄を胸に抱え直した。端が少しすりきれている。すんでのところで出さずに済んだ故郷の干し杏やら膝掛けやら手紙やらの詰め込まれたふくらみを、そっと手で押さえた。

長旅でぼわぼわとみっともなく広がった髪が、回廊の日光に白っぽく晒されていた。

それから半月、ミカエラは女官の行儀作法を朝から晩までみっちり叩き込まれ、初日のそのすこしふしぎな出来事のことは頭の隅に追いやられた。

王宮の絢爛な建物、そこを行き交うさまざまな身分のさまざまな人たち。初めて就いた仕事。何もかもが新鮮で、心が躍った。

顔と手以外の肌を見せない凛とした憧れの女官服も誇らしい。莢にくるまれたエンドウ豆のように小さく連なる堅いボタンで腰から立て襟の首までをきっちりと留め上げ、くるぶしまである長いスカートの裾をさばく。

女官は出身階級を問わぬ実力主義だ。先輩たちは皆、仕事はもちろん、政治も文学も流行もお洒落も何でもよく知っていて、知的で洗練され、男性と同等に官庁の仕事をこなす。

自分もいつかそんなふうになりたい、たくさん仕事をして認められ、自立した一人前の女官にきっとなるんだ。そしていつかいつか、人の役に立つ大きな仕事をするんだ。

そう目を輝かせる純朴そのものの新米を可愛がると同時に危なっかしくも思うのか、

「え、同郷？　あのサイラス殿と？　それは、あまり人に言わないほうがいいわね」

と、先輩のひとりが忠告してくれた。お化粧の仕方を教えてくれている最中だった。

「陛下御自ら抜擢された新進の近侍で、名門貴族の跡取り息子で、しかもあの美男子ぶりでしょう。そのうえ品行方正で有能で、誰にも分け隔てなく私たち一般官人にもお優しくて、もう完璧。もし下手に同郷アピールなんかして近寄ったら抜け駆けしたと見なされて、まあ今後、平和な女官生活は望みにくいわね。あら、その口紅の色はちょっと……」

「し、しません。言いません」

母親の使い古しの口紅を塗ったミカエラは青ざめて、ふるふると首を横に振った。

あれからも何度か、国王近侍のあの彼を宮廷で見かけた。彼が目礼を寄越すだけで女官たちの空気がさあっとバラ色に色めき、周囲の温度が三度くらい上がる。ミカエラも素敵な人だなと憧れはするけれど、畏れ多くてとても近づこうとは思えないし、困ったことがあれば頼るようにという社交辞令を真に受けてもいない。

「宮廷という所は些細な言動で足を掬われかねないから、気をつけて。女官は色めいたお誘いも多いし、それにいろいろな方々と接するぶん利用もされやすいの。自分でも気づかないうちに、賄賂の受け渡し役にされてたりね。うん、こっちの色が合うわね、綺麗よ」

「わ、賄賂」

自分の手持ちから紅を差し直して先輩は微笑んでくれたけれど、ミカエラの脳裡には、宮廷は怖い所だな、しっかり気を張ってなくちゃ、と強く強く刻み込まれた。

「きみ、新人女官だろう？　名前は？」

女官長の言いつけで各省庁に書類を届けたあと謁見室に飾る花をバラ園で摘んでいると、すぐ背後、うなじに息のかかる近さから突然声をかけられ、ミカエラは飛び上がるほどに驚いた。実際、端然と四角く剪定された花壇からぴょこんと淡い髪色の頭が飛び出た。

「そんなに驚かなくても。可愛いなあ。歳いくつ？」頬にゆるい笑みを浮かべて、バラの香りを掻き消すほどむわりと香水の匂いを漂わせ近づいてくる中年男性は、華美な衣装の身なりからするとどうやら貴族らしい。ぐいぐいと体を寄せてくる男性と棘のあるバラの繁みとの間に挟まれて、すでに逃げ場がなくなっていた。周囲には誰もいない。

「あの、わたくし、仕事中で……ご容赦を……、女官長殿に……」

身を亀の子のように小さく縮めて辛うじてこたえるミカエラは、登用試験を目指しこの二年ひたすら机にかじりついていたおかげで、村の男の子たちとさえほとんど話す機会をもたず、ましてや見知らぬ貴族の年輩男性をどうあしらっていいのか分からない。

「どこから来たの？　出身は？　王都が初めてなら、今度いい所に案内してあげたいな。その淡い髪の色や雪みたいにきれいな白い肌は、北のほうかな？」ねっとり、肩に手を置かれた。ぞっ、と毛虫の海に放り込まれたほうがましなくらい全身が総毛立ち、思わず悲鳴をあげそうになった、そのとき、

「彼女は私と同郷です、閣下」

清新な風が吹き込むように、鋭く声が渡った。

「女官がなにか不始末を？　新人のことにてどうかご容赦を。もしご用命なら、私が代わりに承りましょう」

庭園の向こうからつかつか歩いて来ると花壇を挟んで静かに、けれど重量のある視線と声音を与えたのは、国王近侍のサイラス・スプリングフィールドだった。

閣下と呼ばれた中年貴族は目を泳がせると、「いや、そう、きみと同郷なら私が案じるまでもない」とそそくさ去っていった。

どっと冷や汗をかいてその場にへたり込みそうなミカエラに、近侍は、

「ミカエラ殿。謁見室でしょう、途中まで同行します。花を拾ったなら、こちらへ」

と促した。いつの間にか取り落としていたバラの花を、ミカエラは慌ててかき集めた。

近侍の後をついて行きながら、ずっと首を俯かせ地面を見つめ続けていた。

今更ながらに、己への不甲斐なさが込み上げてくる。女官らしい行儀作法や応対を教育してもらったはずなのに、ろくな受け答えができなかった。彼が助けてくれなかったら、陛下のお住まいになる王宮の庭園で、貴族相手に不躾に悲鳴をあげていたはず。

近侍はすぐには宮殿の建物へと向かわなかった。庭園の隅っこの、人目につかない鬱蒼とした木の陰まで来ると、

「何をしているんだ」

と案の定、叱られた。

「申し訳ございません、無作法を……、近侍殿には、お助けいただき……」

声が喉でつかえて、謝罪と礼の言葉すら満足に出てこない。

「そんなこと言ってるんじゃない。なにが無作法だ、あんな奴、昔のミーシャなら蹴っ飛ばして追い払ってただろう。くそ、あんな近くまですり寄って、ミーシャに肩まで触って」

彼は苛立たしげにそう言うと、まるで泥でもついているかのようにミカエラの肩をさっと手で払った。

「だって、蹴飛ばしてって、子供の頃とは違います、それに相手は…………、『ミーシャ』？」

思わず顔を上げて、まじまじと見つめた。ミカエラの子供の頃からの、郷里でのその愛称を口にした、『国王近侍のサイラス・スプリングフィールド殿』を。

「あなた、もしかして、サイラス？　あの？」

「なんで分からないいんだ。どう見ても俺だろう」

呆れたように彼は肩をすくめた。その気軽なしぐさが、これまで宮廷でしばしば見かけた品行方正な『近侍殿』のものと、全然違う。

彼はやおら手にはめていた白い絹の手袋を外して、彼女の目元を拭った。

「泣いてる」

ぽつりと言う。

ミーシャは大きくまばたきをした。その拍子に目に溜まっていた涙が、胸に抑えてきた気持ちが、ぽろりと零れ落ちた。サイラスのなつかしい空色の瞳が気遣わしげにこちらを覗き込んでいる。

うう、とミーシャは喉の奥でつぶれた声を出した。サイラス、と唇がひん曲がり、頬が盛り上がり、目の形が歪み、みるみる子供のようなくしゃくしゃの泣き顔になる。

「うん、怖かったな？　もう大丈夫だ。女官長殿や先輩たちに、気をつけるよう言われなかったのか？　たまたま近くを通りかかって良かった。ちょうど繁みから、見覚えのある髪色が覗いたから」

安心させるように背中をぽんぽんと叩いた。

「たまたまというか実は、この半月ずっと声をかける機会を窺っておまえを探していた。おめでとう、ミーシャ。よくこんなに早く登用試験に受かったな。頑張ったな」

「…………サイラス……、サイラス……！」

自分をなだめる幼馴染みの腕に、ミーシャは、がっしとしがみついた。

故郷の雪をいただく青い山々に囲まれた緑の野を一緒に駆けまわり、ともに机を並べ、女官登用試験を受けて都に出ることも勧めてくれた、子供の頃からいつも一緒だった、幼馴染みの男の子。

「サイラス、本当にサイラス？　私、よく似た別の人だと、サイラス、会いたかった。会いたかった……！」

「俺も。やっと会えた、ミーシャ。二年ぶりだ」

ぎゅうぎゅう腕にしがみついてくるミーシャを柔らかい声で受け止めて、サイラスもそっと抱き締めた。

「すまない、俺と親しいと知られるといろいろ不都合が起こりそうだったから。人前では他人のふりをしたほうがよかったんだ。でも、まさかミーシャまで本当に他人と思うなんてな。何度か見かけるたび目で合図してたのに、気づきやしない。俺を見忘れたのか？

薄情だな」

「だって、だって本当に別人みたい。話し方も違ったし、性格も全然違うし、見た目だって立派で、身長も二年前より高くなってるし、腕も……、なにか、全体に、………」

……あれ？　とサイラスに抱きつきながら、ミーシャは違和感に気づいた。そう、なにか、全体的に、おかしい。

自分が今がっちりと捕まえている腕は記憶より逞しくて、おとぎ話の王子さまのように細身に見えたジュストコールの袖越しにも太い骨や筋肉の在り処を感じさせる。ミーシャがすっかり身を預けている胸も、こんなに広かっただろうか。

それになにより彼を見上げると、前より高いところに顔がある。そのきれいな顔立ちも、もちろんサイラスなのだけれど、鼻すじや頬や顎の線が前よりずっとシャープになっていて、なんだか全体的に、大人の男性っぽいというか………。

「！」

にわかに自分とサイラスがしっかり抱き合っていることに気づいて、ミーシャは慌てて離れた。その急な反応にサイラスもまた、慌てて腕を解く。けれどそれがかえって気まずかったのか、照れ隠しにわざと少年時代そのものの口調で、

「そう言うおまえのほうは相変わらずちっこいな、ミーシャ。あんなふうにぼけっと油断してるとポケットに入れて攫われるぞ」

背の低いミーシャの頭の上に、まるで物置き台みたいにぞんざいに肘を載せてきた。ずしりと体重をかけられた腕の下からミーシャは、むうと睨み上げる。

「私は、これでも大きくなったわ。あなたと別れた十六から、二センチも伸びたんだから。私じゃなくてサイラスのほうが大きくなり過ぎたんでしょう」

「そうか？　じゃあなんだ、この適当な二の腕は。勉強ばかりで剣術さぼってたのか？」

「んにゃあっ」

意地悪に笑ったサイラスが突然二の腕をふにふにと摑んだものだから、ミーシャは妙な悲鳴をあげてしまった。その甲高い声に、サイラスは今度こそぱっと身を離す。

「ご、ごめん。悪い。すまない。痛かったか？」

「い、いえ、痛かったわけじゃ、こちらこそ、ごめんなさい、変な声を。あの、あの、そうだ、ひよどり辻のおばさんから干し杏と、牧場のおじさんから膝掛けと、あとあなたのおばあさまやみんなからの手紙を、たくさん預かってきたの」

「え？　嬉しいな」

途端にサイラスは、郷里の空を思わせる無邪気な笑顔になった。

「特におばさんの杏、王都の店にも売ってるけどどれもきれいに整いすぎて柔らかくて、物足りないと思ってたんだ。あのしわしわの、歯応えがあるのが恋しかったんだ」

「よかった、じゃあ、あとで渡すね」

「ああ、でも、こっそりな」

「そっか、うん、こっそりね」

声をひそめて真剣に目を見交わして、それから、どちらからともなく、気まずく目を逸らす。

やっぱりなんだか、変だ。違和感だ。どきどきする。

「えっと……、じゃあ、もう行くか?」

「え、どこに?」

「どこって、謁見室の花。萎れるといけない」

「あ!」

「近道で行こう。おいで、ミーシャ。じゃなくて、ミカエラ殿」

「うん! あ、はい。近侍殿」

人目につかない木蔭から一歩踏み出したときには、サイラスはもう『国王近侍のサイラス殿』だった。白い手袋をはめ直した右手を、礼節と優雅さをそなえた挙措で小道の先へと伸べ、ミーシャを促す。

その指の先まで洗練された振る舞いはきらきらと、やはり物語の王子さまみたいだった。

気後れしながら、他人らしい距離をもって、宮殿の中を彼と前後になってついて行く。

その後ろ姿だけでさえ、王宮ですれ違う誰より、彼は完璧な貴公子だった。この半月女官の先輩たちにまざってその他大勢として羨望の眼差しを送った、宮廷中の憧れの人。

けれど、さっき二人きりのとき見せた子供の頃のままの寛いだ笑顔や、気取りのない声音、くだけた話し方のほうが、もっと、ずっとどきどきと、ミーシャの胸を高鳴らせていた。それに遠くから眺めているときには分からなかった、間近に触れ合ったときの、二年の間にすっかり少年から大人に成長しきった背や腕の男っぽさにも。

なんだか、顔がさっきから火照っている。

同郷人のサイラスは、ミーシャの知っている幼馴染みのサイラスだったけれど、でもやっぱりちょっと、別人みたい。

「あなたが例の新人女官？　サイラス殿と同郷の？」
「侯爵夫人さま」
先日氾濫した運河の被害報告書の回収にまわっていたミーシャは、突然背後から声をかけられ、しかし女官生活も三か月となればうろたえることもなく、丁寧に膝を折ってお辞儀をした。
金とクリスタルで隙間なく装飾された広い廊にゆったり品よく佇んでいるのは、今日お妃さまのお茶会に宮殿を訪れていらした貴族のご夫人がたの、おひとり。

王都でも指折りと謳われる美しさで、若く瑞々しい肌を流行のドレスでエレガントに包み、扇のような長い睫毛は嫋々とした風情だ。

「どうか同郷のその誼みで、あなたから彼に渡していただけないかしら。贈り物があるの」

侯爵夫人はお付きの侍女に目配せすると、美しい包装の平たい箱をミーシャへと差し出させた。

ミーシャは内心ではびくびくしながらも頭をさらに低くし、規則で個人的な品物はお取り次ぎできない旨を丁重に述べた。

「それに同郷と申しましても、近侍殿とは直接面識があったわけではないのです。どうぞご容赦くださいませ」

サイラスがミーシャと他人を装ったのは、なにも女官たちの恋の鞘当てのためではなかった。

王の側近として多岐にわたりお役目を掌るサイラスのもとへは、賄賂の贈り物がひっきりなしに届く。彼はそれをペン一本受け取らず、だからこそ『品行方正な近侍殿』と認識され最近では減ってきていたのだが、今年同郷の女官が入ったらしいと聞きつけてはミーシャにまで接触してくる官僚や貴族がいる。

侯爵は代々の身分こそ高いものの、現国王からは疎まれていた。直截には体面があるが女性である夫人を介して婉曲に、なんとか近侍に取り成してもらおうというのだろう。『女官は賄賂の受け渡しに利用されやすい』という先輩の忠告の通りだった。この平たい箱には金の延べ棒か何かでも入っているのだろうか。

けれど悲しげに首を振った侯爵夫人の浮かべた笑みは、気弱な、傷ついたものだった。

「そう……。あなたも、あの噂を鵜呑みにしているのね。近侍殿と同郷なのをやっかまれているなら、謂れのない中傷に晒される辛さを分かち合えるとばかり……。わたくしを、噂通りの恥知らずな女と信じているのね」

「いいえ、そのようなことはございません、あの」

と焦って否定するものの、宮廷でまことしやかに囁かれる噂は数限りなく、どの話か咄嗟に思い出せなかった。ついさっきだって、クッキーとお茶を囲んだ休憩時間に女官の先輩から、「ねえねえミカエラ、あの噂、本当?」と詰め寄られたところだった。

「サイラス殿はいずれ郷里の婚約者を都に呼び寄せるつもりで、だからどんな女性にも靡かないで身持ちが固くていらっしゃるんだって」

「き、聞いたことないです、婚約者なんて。少なくとも郷里では、そんなかたいらっしゃらないんじゃないかと思います。ご身分のつり合う家が、ありませんし」

「そうなの？　美男と見ればすぐくしなだれかかっていくような、年下の愛人狙いの侯爵夫人の毒牙にかかるよりかはずっと良いのにって思ったんだけどな」

「郷里の婚約者がデマとなるとやっぱり、さきざき王女さまの婿になるのを見越して身を慎んでいらっしゃるのかしら。知ってるでしょ、サイラス殿への王女さまのあのご執心ぶり。なにより国王陛下からして彼の王室入りをお望みと見たわ。あと数年は待つにしても、婿にふさわしくまた出世なさるわ」

その指摘におしゃべりはさらに過熱し、「いえ近侍殿はそんな出世目当ての打算的な結婚はなさらなくてよ、きっと純愛でなくては」「でも王命があれば逆らえないわよ」「私が思うに、たぶん秘密の恋人がいらっしゃるのね」「ああ、それってさぞお似合いの完璧な女性でなきゃゆるせない」「この前の舞踏会での騒ぎ、聞いた?」「それより縁談の申し込みが百件を越えたって?」「ね、同郷人さんに、その辺りの事情を探りに行かせてはどうかしら」「やだ、同郷を利用して彼に近づく口実を与える気? ——だめよ、ミカエラ?」

とひとりが釘を刺すと、途端に皆がどっと大笑いした。

「まさかあ、ミカエラが！　この子ったら勉強浸けで男の子と恋の詩のひとつも交わしたことないっていうんですもの。十二歳の女の子のほうがまだしも脅威よ」

女官仲間のノリがよく分からずとりあえずその場はへらへらと笑ってみたミーシャだったが、けれど今、目の前でよよと泣き崩れそうな侯爵夫人には、それで通用するとはとても思えなかった……。

「近侍殿、今、よろしいでしょうか」

「ミーシャ？　どうした？」

　辺りに人がいないのを確かめつつ在室札の差してある執務室を小声でノックすると、扉を開けて発された呼び名に室内には今他に誰もいないのだと分かる。

　招き入れられた部屋は、個人の執務室とは思えないほど広々としていた。どっしりと立派な執務机と、同じ装飾の調度がしつらえられている。艶やかな紅褐色の木目はマホガニーだろう。来客用の豪奢なソファセットも置かれている。ミーシャは部屋をぐるりと見回して、ほうと溜め息をついた。

「素敵な部屋ね。王さまのお部屋みたい」

「これでも質素なほうだ。それで、どうした？　なにか困ったことでも？」

「ううん、そうじゃないの。あの、お仕事中にごめんなさい」

「いいけど、じゃあ、俺に会いに？」

「え？　うん、まあね」

　サイラスの執務室に来たのだから、サイラスに会いに来たのに決まっている。なのに彼はなぜかやけに嬉しそうな表情を覗かせかけ、ところが、「これ、侯爵夫人からお届け物を渡しに来たの」と平たい箱を差し出すと、あからさまにがっかりした顔をして、ぷいとそっぽを向いてしまった。ミーシャは慌てて、

「違うの、誤解なの、夫人はただ、純粋な好意からなの。でも変な噂が立ってあなたに近づけなくて、それで思い余って私に仲介を。それにこれは、ただのお菓子よ。ただのチョコレートですって。だからどうか侯爵夫人の思いを汲んで、受け取って差し上げて」

　ひと息にそう説明すると、サイラスはミーシャの顔をまじまじと見つめて、それから、「はあ……」と長い長い、それは深く長い溜め息をついた。

「サイラス、怒ったの？」

「怒った。おまえ、自分がどういう橋渡しをしたか分かってるのか」

「だから、この前あなたが侯爵夫人の馬車が難儀しているのを助けて差し上げたから、その心ばかりのお礼をと……」

「この前って、一年半も前の話だ。そこからして仕組まれてたんだとも思わず、俺も迂闊だったけど。でもこんなにしつこくつきまとわれるとはな」

「サイラス、ひどい、そんな言い方、噂を鵜呑みにして。でも、え、……一年半前？　そんな前？」お礼とは言え、そんなに長いこと拘っているのもなんだか不自然な気がする。

　サイラスは三人掛けの広いソファにどさりと座り、品行方正な近侍殿らしからず行儀悪くテーブルの上に脚を乗せると、また溜め息をついた。こんな格好の彼を見たら、みんなきっと目を白黒させるだろう。

　ミーシャもおずおずと、その横に立った。

「なんでミーシャが頼まれたか分かるか？　夫人のそんな話を真に受けるのは、新米女官のおまえくらいだからだ」

「………でも、本当に哀しそうに、とてもお気の毒に見えたのよ」

「そういう人なんだ。みんな知ってる、いつもの遣り口なんだ」

「………………」

先輩たちが、夫人について良く言ってなかったことを思い出す。

でもミーシャに切々と訴える夫人の、世間の噂に耐える傷ついた弱々しい微笑みは、なんとかお力になってあげなければと思わせるものだったのだ。それに、

（私はこうしてこっそりサイラスと仲良くしているのにみんなに疑われないで済んでいて、逆に、無実の侯爵夫人が中傷に晒されているなんて………）

あまりに不当なことに思えた。自分だけ、ずるをしているような。

「まあ、ここに座れ」

サイラスは自分の隣の座面をぽんと叩いて、ミーシャをソファに座らせた。うなだれたミーシャは言われるがまま、浅く腰かけた。

「ただのチョコだっておまえは言うけど、これを受け取ったら次断る理由がなくなる。次は酒、絹のチーフ、靴、金のカフス、馬、いつの間にかトータルでとんでもない額を受け取っていて、周囲にもそう見做され、最後には負い目から逃げ場がなくなっている」

「ごめんなさい……、私……」

「宮廷はこういう所だ。だからおまえが利用されると思って、俺と親しいと知られたくなかったんだ。こんなふうにただ同郷ってだけでも口実にされる。しかし、ミーシャにまで同情心に付け込むような事されたんじゃな。これまでご婦人のことと遠慮してきたが、いい加減引導の渡し時だな。気が重いが……」

「サイラス、この贈り物は持ち帰るわ。それで侯爵夫人に、やっぱり規則でお取り次ぎはできませんと言って、お返しする。本当に、ごめんなさい」

「そういうわけにもいかないだろう。一度引き受けたからには、おまえの立場というものがある」

「そんなのどうでもいい。サイラスはずっと賄賂を断って、正しい立場を貫いてきたのに」

「賄賂？」サイラスが首を傾げた。

「侯爵閣下は陛下に疎まれているのでしょう？　ほら、前にバラ園の。ひと回りもお歳が離れたご夫婦だけれど、貴族の結婚では普通なのよね……？　それで、えと、夫人は旦那さまのために取り成しをと……」と説明する間にも、彼は体を折って笑い転げている。

「サイラス？」

「なんだ、そっちか」

「そっちって？」

「いや、俺はてっきり」

眼に涙すら浮かべて、サイラスは息を整え、ようやく笑いやんだ。

「じゃあいいや。怒ってない。俺のこと、どうでもいいのかと思ったから」

「え？　そんな事あるはずないでしょう？」

「本当に？」

どきん、と心臓が跳ねた。

ソファの隣で座っているサイラスが、こちらに身を乗り出すようにして、顔を近づけてきたから。

「俺のこと、どうでもよくないって。それは、どういう意味で？」

とうに笑いを引っ込めている空色の瞳が、逸らさずこちらを見つめ、覗き込んでくる。

「俺のほうは、ミーシャ、聞いてくれ。子供の頃からずっと、離れていたこの二年間も……」

「あ！　私、もう仕事戻らなくちゃ！」

ぱっ、とミーシャは飛び跳ねるように立ち上がった。声が変にうわずっていたけれど、大声でごまかす。

「とにかくこのチョコは、持ち帰ります。自分でなんとかする。じゃあ！」

どこに置いたっけ、と見まわすと執務机の上だった。まるで逃げるみたいにしてソファ

から離れ、箱を手にする。が、

「だめ」

と、上からひょいとサイラスに取り上げられる。そして、ミーシャが両手を伸ばしてぴょんぴょんと取り返そうとするうちにも、

「あっ」

天井に向けた高い位置で、バリバリと乱暴に包装紙を破ってしまった。

「何てことするの、もう返せない！」

「そうだな。仕方ない。だからこれは、いつも世話になってる女官の皆さんがたにお裾分けすることにしよう。戻ったらまず、いったん女官長殿にお渡しするんだぞ」

「どうしよう、お店に持って行って、お願いして包装だけ直してもらえば……、あっ」

ミーシャがうんうん頭を働かせる間にもサイラスは箔押しの蓋も開けて、今は手袋をしていない長い指の先で、整然と並んだチョコレートのひと粒を摘まみ上げた。

これ見よがしに、ミーシャの目の前で左右に移動させる。

「開けちゃった」

「サイラス！　やだ、もう！　もう、やだ！　私、自分で買い直すから。自分で責任とって、この件はちゃんと始末するから」

「田舎から出てきたばかりのおまえが、これがどこの店のだか知ってるのか？」

「うっ……」

「これは貴族御用達の高級店のものだ。新米女官がいきなり出向いていって売ってくれるものじゃない。そもそも買い直すと言っても、これひと箱でおまえの給料の一か月分だ」

「いっ…………！」

愕然として、そのチョコレートの箱を凝視する。

宝石箱のような箱の中に二十四粒入ったそれらはひとつひとつが芸術品のような造形のトリュフで、確かに全然「ただの」チョコレートなんかじゃなさそうだ、けれど、

「う、嘘だもん……！　そんなに高いお菓子が、あるはずないもん。私が田舎者だと思って、何も知らないと思って、サイラス、オーバーに言ってるでしょう」

「じゃあ食べてみれば？」

「…………！」

サイラスは手にしたそのひと粒を、ミーシャの口のなかにぎゅう、と押し込んだ。彼の指先が唇に触れて、ミーシャはその所業に瞬間的にかあっと頬を赤らめて絶句し、そして、

「どう？」

「お……」

無意識に、口元に手をあてていた。次第に大きく目が見開かれ、ゆるゆるとほっぺたが落っこちる。

「……おいひい……」

口の中にひろがった芳醇で濃厚な味わいは、世の中にこんな魅惑的なものがあるのか、という未知の幸せの味だった。二層仕立てのトリュフは、外側の固いチョコレートが割れると内側のガナッシュがシルクのような舌触りで口いっぱいに溢れ出てくる。ナッツの香ばしさと、少し置いて香辛料やお酒の香りも立ちのぼってくる、複雑な大人の味だった。

「そりゃ良かった」

サイラスがくすくすとおかしそうに笑って、さすがにミーシャも自分の単純さが恥ずかしくなった。

「もう……、ひつまでも、子供扱いひて」

まだ口の中でとろけているチョコレートを味わいながらもごもごと訴えるけれど、どうにも締まりがない。だから先輩たちにも十二歳の女の子以下だと笑われるのだ。

「おまえを子供扱いしたことは、一度もないけど」

不意にサイラスは真面目な顔になって、ミーシャの細い腰を両手で持ち上げた。

床からふわっと、小柄な体が浮き上がる。爪先が宙を掻く間もなく、マホガニーの執務机の上に座らされていた。

「…………っ」

ごくん、と思わずチョコレートを飲み込みそうになる。水平に、目線が合わされる。

「そんなに美味しかった？」

サイラスが、ミーシャの体のすぐ横の机上に片手をついていた。手袋のない生身の肌の、男性的な骨っぽい手が間近く置かれる。今のは子供扱いじゃないのか、とはなぜだかとても訊けないような声で、耳をくすぐられる。

ミーシャはどぎまぎと、心持ち、上半身を後ろに引いた。

「うん……、一か月ぶんって、信じた。ほんとうに……。あの……、これほんと私買い取るから、どうせだからサイラスもおひとつ、いただいたら……？」

「そうだな。味見しておかないと、礼を言うときに困る。でも、一個もいらない」

なにが起きたのか、わからなかった。

けれど、なにが起きるのか、無意識では、わかっていたのだろうか。

ミーシャは、ぎゅ、と目をつぶっていた。それとほとんど同時に、唇にやわらかな感触がふれる。

体をこわばらせたまま、動けなかった。

サイラスの気配がそっと離れるまで、執務机の上で、ただ座っていた。

「甘い」

サイラスが、囁く。彼がいま味見したチョコレートよりも甘い、テノールの声で。

その声に耳朶がふるえて、それが合図だったかのように、おそるおそる、ミーシャは目をひらいた。

　私たち、いま、キスした。

　それで、もう、し終わった。

　ミーシャが目をあけると、サイラスの顔はもう離れていたけれど、まだ吐息がかかりそうなほど近いところにいた。

　きれいな空色の瞳が、もう一度細められる。さっきより、顔を傾ける。ミーシャのあごに指をあてて、唇をひらかせた。

「味見、足りない」

「………………、……」

　唇のそのすきまに、さっきは触れるだけだった彼の唇が入り込んでくる。

　柔らかい感触に、唇をはさまれる。さらりとした表面とは違って、内側の湿り気。

「ミーシャ、もう少し、口をあけられるか？　もっと味わいたい」

「チョコの、味を……？」

「そう、チョコの味を」

「………、ふ……」

　ミーシャはおずおずと、唇をもう少しだけひらいた。

　けれどそれは全然足りなかったようで、サイラスは、ミーシャの上唇と下唇とをこじあけてきた。溶け残っているチョコレートの味を知覚するための、それで。ぬるりと。

「…………っ」

口中に入ってくる舌の感触に、ミーシャはびくりと体を固まらせた。

そんなミーシャの緊張を思い遣って、それは最初遠慮深かった。紳士が淑女の手に挨拶の口づけをするとき、行き過ぎて脅えさせせぬごとく。けして、彼女を逃がさぬよう。

複雑で大人なチョコレートの味を彼と分かち合うために、ミーシャはどうにか力を抜こうとする。

「ん……、…………」

ぴちゃ、と水音が鳴った。少し柔らかくなったミーシャの舌に勇気を得て、サイラスの舌が大胆になっていった。さらに深く入ってきて、彼女の甘い舌を舐め、絡める。口中にひろがったチョコレートを味わい尽くそうと、彼の肉厚な舌が余さず動きまわる。

ミーシャはそのたびにどうしてか、ぴくん、ぴくんと震え、彼の胸に縋りついた。これまで知らなかった、お酒や香辛料の利いた官能的な味。感情が、どんどんと胸をせり上げてくる。破裂しそうだ。

「は…………」

やがて唇が離れると、ミーシャはぼんやり潤んだ瞳でサイラスの瞳を見つめた。

「本当だ、ミーシャ」

サイラスが、自分の濡れた唇を舌で舐めとった。

「――すごく、美味しい」

そのしぐさが、壮絶に艶かしい。官能的な舌も、艶めいた唇も、こちらを捕らえてくる目つきも、幼馴染みの初めて見せる息詰まるほどの色気に、執務机の上で昏倒しそうだった。そんな危険な香りとは裏腹に、髪を撫ぜてくる手つきはひどくあたたかだった。

「あ、髪は………」

たぶんこんな時には場違いなことを、口にしていた。

女官の規則で、ひとつにまとめてある。ミーシャの色素の薄い髪はただでさえ扱いづらく、すぐふわふわと波のように広がってしまう。先輩たちみたいに大人っぽい器用な編み込みにすると一時間ともたず崩れてくるので、ごく素っ気ないシニヨンだ。

「そうだな。仕事中だ。乱れると困る？」

「仕事中に、こんな、こと……」

「仕事中でなければいいか？　こんなことしても」

「あ、や………！」

さわりと、サイラスの手がミーシャのスカートの腿に這わされた。大きな手の平が撫でまわり、ぞくぞくとする。両手で押し留めようとするけれど、彼の手は腰からお腹へと昇ってきて、やがて、胸へと伸びてくる。

「ふ……っ、く……、ん」

小さな堅いボタンで首までしっかり覆われた、禁欲的な女官の制服に閉じ込められたその膨らみは、けれどひとたび触れると、小柄なわりにじゅうぶんすぎるほどの豊かな重みを彼に伝えた。

童顔な見た目を裏切る意外な手ごたえに、サイラスもまた、少しばつが悪そうな、恥ずかしそうな顔になる。

だからと言って手を引っ込めることはせず、手の平いっぱいに包み込むと長い五指を柔らかく沈めては、押し返してくる弾力にゆるめ、また深く沈めることを繰り返す。

「お願い……そんなに、サイラス……私、恥ずかしくてもう……死にそう……」

育ってしまった胸がいやでふだん極力小さく見せるようにしているのに、そんなふうにじっくり揉まれてしまっては、彼に隠しようがなかった。

「だって、柔らかくて気持ちよくて、手が離れない。ミーシャ、着痩せする？　幼馴染みのおまえのことは何でも知っているつもりだったのに、こんな事は知らなかった。あのいつも野山を駆けまわってたミーシャが、こんなにあるなんて」

「子供扱いしてないって、言ったくせに……」

「それは、してないし、するつもりもないけど。それともそれは、俺にもっと大人の触り方をしてほしいってこと？」

「あっ……、ん！」

空色の瞳をいたずらめかすや、サイラスの指先がミーシャの胸の先端に触れた。びくん、と甘い感覚が奔り敏感に反応したミーシャは、こらえきれず大きな声を漏らしてしまう。

「感じる？　ミーシャ」

「や……っ、あ、あ……、うそ、だめ……」

彼の指の中で、女官服のしっかりした布地が、先端の小さな突起の形に寄せられていた。ミーシャは抗う言葉を吐くけれど、艶かしい吐息がまじるのはどうしようもなかった。

違う、子供扱いで良かったのに。

と、熱に浮かされた頭を必死で横に振る。故郷の、子供の頃のままでいないと、私。けれど言葉はろくに意味を結ばず、くらりと熱く頭が眩み、自分は本当に昏倒したのかと思った。でもそれは違った。サイラスが逞しい腕で抱き支えながら、執務机の上へと、ゆっくりミーシャを押し倒していっていた。

後頭部がマホガニーの赤い木肌に、こつん、とついた。どくどくとこめかみが鳴るのを、ただ耳の奥で聞いていた。夢の中にいるように現実感がない。

「だめ……サイラス……」そうつぶやく自分の声も、本当に現実に声に出ているのかすら心許ない。ふ、とサイラスがからかう笑みをこぼす。

「だめ？　ミーシャがこんなに色っぽくて可愛い声を出すんだってことも、俺はずっと知らずにきたけれど、でも、おまえが意外と遠慮するたちだってことは知ってる。昔から、欲しいものほど我慢して、譲ってしまう。本当は、もっとしてほしい？」

「や……、はっ」

サイラスが親指と人差し指で、より強く、乳首を摘まみ上げ、しごいてきた。ミーシャは執務机の上で、身をよじった。何もかもが夢みたいなのに、その感覚だけがまざまざしい。きゅんきゅんとした感覚が胸の先端から全身を奔って、止められない。

「サイ、ラス……っ、あ、んぅ……っ」

甘ったるく泣くような声をこぼし続ける唇を、サイラスが再び唇で塞いできた。互いの舌が絡められる。ざらりとした感触を知り、ぬるりと滑らされ、味わう。もうチョコの味なんか、していなくても。

「あ……、は………」

口づけのあいだも激しく胸を揉みしだかれる。硬く凝った乳首を甘くつねられ、転がされ、こりこりとよじり合わされ、きゅっとこすり立てられる。ミーシャはサイラスの腕の中でいっそう熱く息をこぼした。悶え、白く晒された細い喉を大きく反らし、そして――、

「ん……、あ――、っ！」

華やかに赤い木目の執務机の上に、びくんっと体を跳ねさせた。

「近侍殿、よろしいでしょうか」

息も絶え絶えの体を優しく抱き締められた、その時、執務室の扉がノックされた。

「…………………」

サイラスはミーシャから体を離さないまま、ゆっくり分厚い扉のほうを振り向く。発する前にひと呼吸して、穏やかな公務用の声をつくる。

「なんでしょう。たいへん申し訳ないが取り込み中です、そこでお話しいただけますか」

「陛下がお呼びです。御前会議の話し合いが、その、お気に召さず。近侍に意見を述べさせよとの仰せで」

ちっ、と小さくサイラスは舌打ちした。

「何のための宰相らだ。そんなもの放っておけ。――ってわけにもいかないか」

今参上するとお伝えください、と返事をしてミーシャから身を起こすと、サイラスは衣服を整えた。

「待て、ミーシャ」

チョコの箱を抱きかかえ彼の顔も見ずに部屋を出て行こうとするミーシャを呼び止め、サイラスは彼女の白い喉に両手をやった。立て襟の小さな堅いボタンを、四つ、留め直す。

「…………………！」

いつの間に、外されていたのか。というか、なんで、外したのか。ミーシャは真っ赤になって、ものも言えない。

「俺は？　大丈夫？」

サイラスが軽く両手をひろげて、服装が乱れていないか訊く。

ミーシャは黙って目を伏せた。それから俯いたまま片手を伸ばして、サイラスの唇を、ごし、と拭った。ほんのすこし、口紅の色がうつっていた。

「ああ」

サイラスが照れ笑いを浮かべる。ミーシャは再びより深く首を俯けて、何も言えない。チョコレートの箱を、ますます胸に抱き締める。


翌日、王宮の絢爛豪華な廊でちょっとした出来事があった。

「サイラス殿、とうとうわたくしの気持ちを受け取っていただけて、嬉しいわ」

どういうわけか近侍が侯爵夫人の贈り物を受け入れ、しかもわざわざ公衆の面前を選んでその礼を彼女に述べたのだった。

舞踏会の夜には会場にもなる煌びやかな広廊の中央で向かい合う青年貴族と夫人は、今からワルツでも踊り出しそうなほどに優雅で、ミーシャの目にまるで一幅の絵画のごとく映った。彼らの身を包むのは、自分の実務的な制服とは全く違う、美々しい衣装だ。

そんな二人を、あの近侍もついには恋を渉猟する侯爵夫人の手に落ちたか、と宮廷を行き交う貴族たちが好奇の目を向け、足を止めていた。その外周からは位の下がる官人たちが、遠慮がちにもやはり興味津々に事の成り行きを見届けようとする。さらにそこからもはじきだされた隅の隅っこから、その他大勢であるミーシャもまた、はらはらと見守っていた。ところが渦中の彼は澄ました顔で、

「ですが私には過分なお心遣い。夫人の博愛のお気持ちは、女官たちにお分けしました」

と、ちょうどその場にいた女官の一群に、にっこり微笑みかけた。敏い女官たちは彼に加勢するかのように、近侍と侯爵夫人に対し軽やかにお辞儀をした。

人前でのあからさまな拒絶に、夫人の顔色は屈辱に青ざめ、野次馬にも非難めいたどよめきが走る。確かにここまで騒ぎにされては諦めざるを得ないだろうが……。

（へんに言い散らされる前にって言ってた……、でも……大丈夫なの、サイラス……？）

その時ふと彼が、群衆に埋もれた背の低い淡い髪色に気づいた。

自分のせいで……、とずっしり思い詰めて泣きそうになっている顔に、何かを思いついたらしい。いたずらっぽく閃かせた視線を、ちらり、とこちらへ送ってくると、

「ええ、女官たちも最高級のトリュフの味わいにさぞ感嘆したことでしょう。唇に触れた瞬間からえもいわれず香り高く、私も一つだけいただきましたが」

とん、と軽く口元に、清潔な白手袋の指先を意味ありげにあてた。

（え……？）

ミーシャはどきりとして、ざわめく胸を思わずこぶしで押さえた。なんだろう、今のは。

あくまで品物の謝礼だけを美辞を連ねて述べていた艶やかなテノールは、いつしか深みを増していて、

「頑なな乙女のごときチョコレートの外壁とは裏腹に、内に秘められたガナッシュのほどけていく様はいっそしどけなく、艶かしいほどの味わいでした。叶うならばこの甘美をいつまでも舌に留めておきたい――誰にも邪魔されず、もうしばし味わっていたかった。そう、今も心の底から願うような」

微笑んだ艶っぽい唇が、つっと手袋の指先でなぞられた。

(――――――…………)

居合わせた広間中の人々も、なにやら惹き込まれずにはいられない声音に、ぽうと目を潤ませ聴き入っていた。けれど謝辞は最後ににっこり爽やかに、「というほどの、さすがは侯爵夫人ご用命の品でした。ぜひ当家でもご進物などに利用させていただきましょう」と締め括られ、何の他意もなさそうな近侍に人々はぼんやり顔で首をひねりながらも、それを潮に三々五々散っていった。隣にいた女官の先輩も、あたかも呪縛から解かれたかのように、ほう……、と大きな息を全身でついた。

「え……と、今のって、チョコレートの話よね……？　やだ、なんでか私、ドキドキしちゃっ……ちょっとミカエラ!!　大丈夫？　あなた顔真っ赤よ！　きゃあ、手まで！」

その絶品トリュフの噂は一日のうちに貴族の令嬢夫人たちにまで広がり皆争って買い求め、侯爵夫人は恋愛での名は落とした代わりに目利きとして名が上がり、また店はたいそう繁盛し、それは誰もが知るところである。

ただ、女官の一人がすわ原因不明の熱病かと騒然とする広間を涼やかにジュストコールの裾を翻していく近侍の背中が、くすくすとおかしそうに笑いを噛み殺していたことを知る者はいない。

◇

名門家の子息であるサイラスが手紙さえろくに届かぬ王都より遥か北の地で少年時代を過ごしていたのは、両親が醜く苛烈な相続争いから跡取り息子を守ろうとしたためだった。景勝地に隠棲していた祖母の邸宅に、半ば隠すようにして預けられたのである。都での幼少期には、毒を盛られたり誘拐されかけたこともたびたびだった。

ミーシャは、その地方の領地管理人の娘だった。サイラスとは身分が違うけれど祖父が一代限りの爵位を授けられていたので、遊び相手としておばあさまの邸に連れて来られた。

サイラスはまだ八つと幼かったこともあって、あっという間に田舎の素朴でわんぱくな子供たちに溶け込んだ。雪を冠して連なる峰々、吹き渡る風に緑そよぐ牧草地、どこまでも広がる空を映す青い湖。そんな大自然のなかを朝から晩まで駆けまわった。

ミーシャは、サイラスのことが大好きだった。

いちばん仲の良い友達で、二歳上の兄のようでもあり、彼とともにやって来た家庭教師から受ける歴史や文学や政治経済の勉強、馬術や剣術の時間まで一緒だった。

そして、本当に世間の文目（あやめ）も分かぬ子供の頃の話だけれど、ふたりはおままごとで結婚の約束までしたのだ。牧場で、参列者はたくさんの羊たち。ベール代わりに、白いシーツを頭からかぶった。『ずっとずっと、大好き。えいえんの、やくそくだよ』

それでも別れの時はやって来る。十年目――、ミーシャが十六、サイラスが十八になる年、長年の相続問題にけりがつき、サイラスは都に呼び戻されることになった。

出立の日が近づくにつれ笑顔をなくしていく幼馴染みに、サイラスは、

『ミーシャもいつか、王都に来るといい』

と言って、慰めた。

『そうだ、せっかく俺といっしょに勉強してきたんだ、王都で宮廷女官になったらいい。登用試験は狭き門だけど、ミーシャなら絶対できる。男と肩を並べて実務をこなすそうだ、かっこいいだろ？　それまでには俺も――』

地方では、年頃になったらつり合いのとれた家同士で結婚して子供を産むのが当たり前だった。ミーシャの家は比較的裕福で進歩的だったとはいえ、女がひとりで都に出るなん

て、それも畏れ多くも国王の宮廷に自ら上がろうと考えるなんて、まったく前例のない事だった。

けれどミーシャにとってサイラスの示した人生は、郷里でのそれより、不思議なほどすんなり我が身の事として腑に落ちた。

ミーシャは試験を目指して、朝から晩まで一年中、娘らしい楽しみをすべて捨てて机にかじりついた。周囲からは変わり者と思われたし、同じ歳の子たちからはなんとなく距離を置かれ、話す機会も減った。受かるのは毎年、数百人に一人か二人。

『大それた夢を見るなよ、ミーシャ。どうせ惨めなことになるだけだぜ。身の程をわきまえてここで結婚して一生を暮らすのが、まっとうな女の幸せってものだと思うけどね』

面と向かってそう嘲笑った男の子もいる。両親も、渋々認めてくれはしたがけっして良い顔はしなかった。それでも、ミーシャはやり遂げた。

王都にのぼれば、郷里とは違いサイラスと自分とでは埋めがたい身分の差があることは分かっていた。子供時代とは違う、もう分別のついた歳だ。

実際二年の間に、彼にもいろいろあっただろう。貴族社会になじみ宮廷で築かれた地位のことだけじゃない、とろけるようなキスや、たやすく感じさせられてしまう指に、ミーシャはそれを思う。あれだけ女性に騒がれているのだ。

ただ、ミーシャは、もう一度だけ、ひとめ、幼馴染みのサイラスに会いたかった。

それだけだった。

もし叶うなら、試験よくやったなって誉めてもらって、これから仕事がんばれって励ましてもらいたかった。そうすれば、女官としてひとりで生きていけると思った。

サイラスが故郷の延長で変わらず仲良くしてくれるというなら、日々宮廷で気の張る彼が心を許せる、気楽な、いつまで経っても子供っぽい幼馴染みのままでいようと思った。

本当に、それだけだったのに。

「サイラス殿、今日はまことに有意義な会合だった。これで明日の御前会議も陛下への面目が立つというもの。貴殿のまとめ上げた大水門の建設計画に必ずやお喜びになろう」

「あの老いた下級役人をよく見つけ出してきたな。ふん、さすがは国王陛下の何でも屋」

「おそれ入ります。けれど私は若輩の身に過ぎませぬ。あの埋もれた老賢人はただ、偉大なる陛下の御威光に惹かれ出てきたまでのこと。大運河の治水は長らく陛下が解決策を求めてこられましたので——では失礼、私はここで」

女官生活も、半年。

偶然宮廷の回廊で行き会ったサイラスは五、六人の重臣たちと一緒だった。凛と聡明なおもてに謙譲の微笑みを湛える彼は、清廉な華やぎとともにひときわ品良く輝いて、やはりおとぎ話の向こうの王子さまのようで、ミーシャは目を逸らした。

夕刻になり仕事を終えて、女官仲間とともに宿舎に下がる途中だった。廊の脇へどいて深く頭を垂れ、恭しく膝を折り、貴族の一団のために道を譲る。前を通り過ぎていくサイラスは、こちらに気づいたそぶりは一切見せなかった。相変わらず人前ではお互い慎重に他人を装い、無用のトラブルを避けている。

彼らが行き過ぎるのを充分に待ってから、女官たちは小鳥のように囁き交わした。

「ね、見た？　今日のサイラス殿は少しお疲れのご様子が憂いを帯びて、また一段と素敵な……」

「出世していっそう男ぶりが上がったんじゃなくて？　特にここ半年、破竹の勢いで功績を重ねて今やあの若さで陛下の懐刀とまで。でも聞いた？　来月の晩餐会でとうとう王女さまが……あら？　ミカエラ？　どこへ行ったのかしら……」

「んん……っ」

ミーシャは背後からがっちり羽交い絞めにされ、白手袋で口を塞がれながら、後ろ向きのまま体を引かれて攫われていた。

狭い通路から薄暗い階段へと昇らされ、わたわたと後ろ歩きで転ばないようにしているうちにひと気のない小部屋に連れ込まれ、壁柱と壁柱の間の装飾的な窪みにすっぽり収まったところでようやく、サイラスはミーシャの口から手を外してくれた。増改築を繰り返した広大な宮殿にはまれに、中途半端なスペースが人知れずひっそりと残されている。

「よう、ミーシャ。俺に会ったのになに無視してるんだ？」

回廊で突然背後からミーシャの襟首を引っ掴んで攫ってきたサイラスは、彼女の体を後ろから抱いたまま耳元に唇をつけて、さっきまでの品行方正な近侍殿とは別人に、まるで街のごろつきが因縁をつけるように囁いてくる。

「……っん、あたりまえでしょう！　なんであなたってそんなに二重人格なのよ……！」

「人聞きが悪いな。公私を分けているだけだ。人よりちょっと、きっぱり分かれてるだけで」

「ち、違いすぎるでしょう……！」

「公けの場ではあっちのほうがラクなんだよ。それよりちょうどいい所で会った、見せたいものがある。それに、ああ、こうしてると心底安らぐ」とサイラスは、ミーシャの首すじに甘えるように顔をうずめてくる。「ミーシャが宮廷にいてくれてほんと助かる、今日はどうしても根回ししておきたい気の張る会合だったから。癒される……」

「そ、そうなの……？　それなら…………いえっ、私はそんな事のために宮廷にいるんじゃ……！」

「まったく『何でも屋』なんて、当てこすりにもなってやしない。なんで近侍がこんな事までやるんだ。宮仕えの哀しさだな、陛下には逆らえない。これだけ忠誠を尽くして、いつになったらお許しくださるんだか」

「えっ、お許しって、なにか陛下のお怒りを買うような事しちゃったの……⁉」

ミーシャの身分ではもちろん直接お目通りしたことはなく遠目に拝見した限りだが、厳めしい頬髭に轟くようなお声の国王さまに睨まれたら、それだけで心臓が竦みそうだ。

「ん？　そうじゃなくて、……いや、いい、おまえは知らなくて。あれ、また少し大きくなった？」

「な、なにが……！　ちょっと、なに勝手に……っや、たゆたゆしないで……っ！　こ、こんなとこ、もし人に見つかったら……！　わ、私は一生懸命仕事して、一人前の女官に……！　やぁ、もう、わた、私が必死で勉強して宮廷に来たのは、何のためだと……！」

「え？　何のって俺の……、――し、ミーシャ」

カツン、カツン、とかすかに、石造りの天井に反響する足音が聞こえてきていた。

誰か来る。ミーシャは絹の手袋で再びきつく口を塞がれ、ドキドキいう自分の心臓の音さえ人に聞こえやしないかと、石のように身を固くした。だというのに、

「んぅ……っ、や……っ、ぁ、はな、して……っ」

じっとしているミーシャの耳にサイラスは、ぺろ、といたずらっぽいキスを仕掛けてきた。ぴくん、と震えたミーシャは声を抑えて抗うけれど、

「そんなこと言って、ミーシャ。ちょっと触っただけなのに、もうこんなに硬くしてる。前より、どんどん感じやすくなってるな」

すでに指先で捕らえられている胸の尖りを、こりっ、こりっ、とからかうようにしごき上げられてしまう。

「ん、んぅ、ちが……っ、ぁん……、ん……」

否定はしても、あのチョコレートのキス以来、人目を忍んでもう何度もこうして、体の芯から募る甘さを感じさせられていた。宮殿の柱の陰でこっそり指を絡められ、庭園の木蔭へと腕を引かれざま唇を奪われ、図書室で首すじに舌を這わされ、バラを活けた謁見室の控えの間で胸や腿を揉みしだかれるごとに、より敏感に。

「ぁ……、おね……が、サイラス、もう、……ひぅんっ」

ぞくん、とミーシャは背を仰け反らせた。両脚のあいだに、背後からサイラスの固い筋肉に覆われた腿が、すり、と差し込まれていた。

「や、ぁ、あは、だめ……ぇっ、それ、だめぇ……っ」

口を塞がれた手袋の隙間から拒む言葉を喘ぐけれど、感じている事実を思い知らせるべく、さらにぐりぐりと彼の筋肉を押し付けられる。

「や、はん……っ、ふ、あ……ぁあん……っ」

「声をたてるなって、ミーシャ。人に見つかったら困るんだろ？」

「……っ、……ん、んぅ……っ」

彼の指を包む上等な絹の手袋を、背徳的な思いで噛む。

緊張で冴えきった耳に、カツン、カツンと足音がこだまする。

同様に研ぎ澄まされた神経は、体の隅々までびくんびくんと甘い感覚を鋭敏に走らせる。

足音は遠ざかっていった。けれどどこか遠くで、衛兵交替の号令。人の笑い声。窓の外から、ざわざわと夕風の葉擦れの音。

それらを耳で聞きながらミーシャは、必死で荒くなる息を詰め、声を殺す。それを嘲笑うように、いっそう甘く激しく責めたてられる。ひと気のない宮殿の隅で、サイラスに乱されていく。

目の下で、女官服の広いスカートが不自然な形に突き出ていた。じんじんと切なく熱をもった両脚を割って、彼の膝の形。

その淫らな光景に、首を大きく横に振って身をよじる。けれど、服越しにもいやが上に官能を掻き立てられて、体の芯から燃えるように昂ぶる感覚を抑え込むことができない。

「あ……はぁ、ん……っ、く……っ」

涙さえこぼしながら、甘い声を掠れさせる。そんなミーシャの規則通りまとめられた髪を撫ぜて、くすりと艶やかな声でいたぶってくる。

「いけない女官だな、ミーシャ。王宮のこんな所でそんなに感じて、大胆だ。お堅い女官服で喘がれると、ますますそそられる。せっかく『品行方正な近侍殿』で通ってきたのに、俺を破滅させる気か？」

「なに……言って……、だって、サイラスが……っ、ぁ、や、あぁぁ……」

そう抗議する声も、熱い呼気で途切れる。どうしようもなくどくどく脈打つ脚の奥処を、ぐっと硬い腿で抉られた。お腹の奥がきゅうっと収縮する。

「それ、いや、ぁんっ、……っんぅ、お願……もう……、っあ、は……っ」

「達ってごらん、ミーシャ。おまえの可愛いところを、また俺に見せてくれ」

魅惑的に唆す声が、官能的な舌とともに、熱く耳の中に注ぎ込まれる。

「やぁ……、そんなの、しな、いっ……、いやぁ、あ、ああ………っ！」

抗う言葉がひときわ淫らな喘ぎにすり替わった瞬間、王宮の片隅で達かされた。

荒い息が収まると、がくがくとへたりこんだ石床と、夕刻のひんやりした空気が体に戻ってきた。淡色の髪を何度も撫でて抱き締めていたサイラスが、耳元で囁いた。

「さっき、見せたいものがあるって言ったろ？　もう立てる？　あっち。手を貸す？」

「た、立てる……っ。あ、や、手、離さないで……もう……なに……？　わ………！」

促されて窓の前に立つと、狭い小部屋の視界がぽっかりひらけた。そこには辺り一帯途方もなくひろびろと見渡せる、夕焼けの光景があった。

ちょうど陽が沈みかかる直前で、上空は紺碧、地平線は燃え立つ茜色。そのあいだに横たわる空は刻々とグラデーションの色彩を、夢のごとく繰り広げていた。

「いいだろ、ここ」と、サイラスは少年のように自慢げに言った。

「秘密の場所だ。ちょっとだけ、俺たちの故郷の風景に似ている。あの丘の形とか、そっくりじゃないか?」

サイラスは見事な黄金色の髪を夕日に輝かせ、遠く懐かしげに目を放っていた。

「ほんとね、サイラス……」

ミーシャは眼差しを和らげて、優しくそう言ってあげた。

そののどやかにひろがる平地の景色は、一年中雪をいただく峻険な青い山脈に囲まれた故郷の景色とは、ぜんぜん似ていなかった。それでも丘の形にさえ故郷を見出さずにはいられなかった幼馴染みの、あの頃より高いところにある顔を振り仰いだ。

「サイラス、帰りたいと思うことある? おばあさまや村のみんなに、会いたい? あの頃に戻りたいって思うこと、ある……?」

「俺はもう戻れない。ミーシャは?」

「私は、まだ来たばかりだし、女官は憧れだったし、それに」

——ずっと会いたかったサイラスがいるから、さみしくない。

口にはしなかった言葉が伝わったのか、サイラスは、「俺もだ」と言って、そっとミーシャの肩を抱き寄せた。間近で、空色の瞳が見つめていた。

「聞いてくれ、ミーシャ。俺は、故郷でともに過ごしたあの十年も、離れていた二年間も、ずっとミーシャを……この景色を見てはいつも、故郷に置いてきたおまえのことを……、すまない、今すぐには無理だが、必ず……、いつかだから俺と」

不器用に紡がれる言葉の途中で、ミーシャは自分から静かに唇を重ねた。

「ん、サイラス………」

あのチョコレートのキスの日、サイラスは、ミーシャを子供扱いしたことは一度もないと言った。そして瞳を閉ざすと、彼を包む上等な貴族の服も、自分の簡素な女官の制服も、今だけは見えなくなった。

「サイラス、ありがとう、懐かしい景色を見せてくれて。あなたの秘密の場所を、私に分けてくれて……夢のようにきれい。私、今、とっても幸せ。これ以上もう何も望めないくらい……心から……。本当よ……」

◇

「ミカエラ、大水門の起工式典には、陛下並びにお妃さま、王女さまもご臨席なさいます。当日までの日程表の取りまとめをあなたが作成してみてちょうだい」

「かしこまりました、女官長殿。では各管轄からスケジュールをいただいてまいります。前回の慈善院の式典のものを叩き台にすればよろしいでしょうか」

「ええ、あれが一番近いわね、そのように。明日からで結構よ。あなたは本当に、ずいぶんしっかりしてきたこと。それに春の頃より大人っぽく垢抜けてきたんじゃない？」

ミーシャは控えめなしぐさで優雅に膝を折ってから、自分の机に戻る。

簡素だったまとめ髪は、特訓の甲斐あって今では器用に美しく編み込まれている。女官服を纏った常に姿勢正しい背中はすっきりと、身長もほんの少しだけまた伸びた。

「ああそれから退出時間で悪いけれど、今度の宮中晩餐会では王女さまたってのご要望で、サイラス殿がエスコートを兼ねます。陛下付きから一時配置替えとなるので、この通達書類を帰りがけに彼の執務室にまわしていってちょうだい」

「王女さま」「サイラス殿」と並んだ名に、仕事じまいをしていた他の女官たちがいつも以上に敏感に耳をそばだてた。かねて囁かれていた噂が再燃し、先月から持ちきりなのだ。

ひと足早く部屋を出て行くミーシャの耳に、女官たちの囁き声が届く。

「つまり内々のお披露目ね。早く婚約だけでもと王女さまが再三陛下にねだられたそうよ」「しょせんは殿方、純愛より出世なのね。がっかりよ」「でもあのサイラス殿よ？　まさかって感じよね……」「馬鹿ね、宮仕えってそういうものよ。だから王命があれば逆らえないって私、前から言ってたでしょう？」

今ではすっかり歩き慣れた広大な宮廷をひとり進み重厚な扉をノックすると、彼の部下が代わりに出てきて、入って待っているよう言われる。十数人ほどがいて、打ち合わせ中らしかった。

サイラスはこちらに背中を向けていた。

部下に指示を与える彼は若くして功を重ねる自信に満ち溢れ、うつくしい刺繡のジュストコールはこの上なくしっくり身に纏われている。やっぱり素敵だな、とミーシャは壁際で佇みながら、きらきら遠い世界の人としてぼんやり眺める。

国王のご信任厚く、かねての噂通り晴れて王女殿下とご婚約となる、名門貴族のサイラス・スプリングフィールド殿。おとぎ話の、王子さまのような人。

「申し訳ない、待たせていますね。悪いが書類はデスクの箱に――」待ちぼうけを食わせてしまっている使いの下級役人を気遣って、その人が、何気なく振り向いた。

そのときの変化を、ミーシャは、一生忘れることはできない。

隙なく感じの良い、誰にも礼儀正しい完璧な貴公子の表情。それが、届けにきたのがミーシャと認めた瞬間、少年のようにぱっと明るく、無邪気な嬉しさで輝いた。

ああ。

その落差に、ミーシャは、胸を打たれる。どうして、今日に限って。書類を抱きしめる。

だめだよ、サイラス、そんな顔しちゃ。私たち、個人的な面識はない、ただ同郷人というだけなんだから。あなたは、私の幼馴染みじゃない。王女さまの夫になる人なんだから。

「――ではなく、もう十分ほどお待ちいただけますか。この場ですぐ確認したい」

ミーシャは女官らしく、遥か目上の国王近侍に対し膝を折り、頭を低くした。

やがて全員が執務室を出て行くと、サイラスは扉の在室札をカタンと裏返した。「今日はもう退勤だ」と、目をいたずらっぽくさせて振り向く。

「そっちも仕事上がりだろ。すごくいい報せがあるんだ。今日、ようやく陛下が……ミーシャ？　どうした？」

「なんでもないわ。女官長殿から書類、机に置くわね。じゃあ、私はこれで」

「待てよ、ミーシャ。どうしたんだ？　なにか変だ。分かった、もしかして王女さまとの噂だな？　どうしてまた。あんな噂を真に受けるくらいなら報告がある、さっきやっと陛下が……いや、違うな。その前に、今日こそ俺の話を聞いてほしい。俺は子供の頃からずっと、離れていた二年間だって片時も、これから先もずっと……」

「言わないで……！」

ミーシャは泣き声で叫んだ。咄嗟に、両手で彼の口を塞いでいた。ほとんど恐怖に駆られたその声音に、サイラスが目を見開く。

「ごめんなさい、でも、言わないで、お願い……。できっこない。期待、させないで。私に大それた夢を、見させないで。夢から覚めたときが、怖すぎるの……」

「覚めない、ミーシャ。ミーシャ。ミーシャ。どうした？　俺はずっとおまえを想ってきた。子供の頃からもうずっと、ミーシャひとりだけを。それが分からないのか？」

「分かるよ、分かってる……！　けど……！」

サイラスの気持ちが純粋なのは、痛いほど分かっている。けれど。

「あなたは貴族で、名門の跡取りで……、国王陛下の近侍で、宮廷中の憧れの人で、王女さまの想い人で……、私は領地管理人の娘で、ただの女官で……、でもそんなのは、最初っから分かりきっていたことで……」

「ただのなんて言うな。ミーシャが自分で摑み取って、自分で切り拓いた道だ。誇りを持て」

「そう、だけど……！」

ミーシャは込み上げる涙を溢れさせて、首を横に振った。手を摑んでこようとする彼を激しく振り払う。もう限界だ。最初から無理な関係だった。

『大それた夢を見るなよ、ミーシャ。王都へ追いかけて行けば、サイラスが結婚してくれるとでも思ってるのか？　いいとこが貴族の慰み者、惨めなことになるだけだぜ』

そう嘲笑ったのは、郷里でいちばん家柄がつり合っている男の子だった。村の人たちが憐れみにひそひそ噂しているのも知っていたし、両親も『サイラスのことは忘れなさい、身分をわきまえて大人になりなさい』と諭した。

分かってる、みんなが言うそのくらいの事は、誰より分かっている。貴族の彼の恋のお相手は、たとえば侯爵夫人のような身分の女性であり、結婚ともなれば王女さまの御名さえ挙がる。噂が嘘でも本当でも、それは同じこと。ご両親や陛下や世間が許すわけがない。幼い約束を真に受けて、彼を困らせたくもない。ミーシャは最初から、そんなこと望んでなかった。

だから昔のままの、小さな幼馴染みのままでいよう、そう思ってた。そのはずだった。でもそんなのは無理なことだった。ふたりの心と体は大人へと成長して止められない。見つめ合えば触れたくなるし、触れ合えば、もっともっと触れたくなる。彼に求められて戸惑うのと同じくらい、それ以上に、恋の喜びがまさって、止められなかった。

「もう、離して……！」

彼を振り払い扉に走ろうとするのを、けれどサイラスはミーシャの小柄な体を強引に抱き上げ、逃げられないよう執務机の上に据える。両の二の腕を摑み、視線を合わせ、まっすぐな目で覗き込んでくる。

「逃げないでくれ、ミーシャ。頼む、俺を受け入れてくれ。おまえがいいと言うまで、いくらでも待とうと思った。俺の勝手ですまないとも思っている。でも今日ミーシャを逃がしたら、もう一生手に入らない気がする」

「サイラス……！」

サイラスはミーシャの唇を求めてくる。顔をそむけようとして、けれど、大きな手で後頭部を抱えられ、無理やり奪われる。胸の奥を暴かれ、渦巻くような激情が溢れ返る。

「ミーシャ、どうか、俺のものになってくれ。誰にも渡したくなかった、決して。だから女官にさせた。俺も一生、ミーシャだけのものだ。誓う。だから」

こんなに哀しそうな、切羽詰まった彼を見るのは初めてだった。郷里でのあの別れの日でさえ、彼の目には再会への明るい希望があった。なのに今は、

「……ミーシャ、お願いだ……。それとも、俺じゃ駄目か……？　誰か、別の男のものになるのか……？」

空色の瞳が今は、永遠にミーシャを失う予感に怯えている。私の、臆病さのせいで。

「何を、言っているの。サイラス」

ミーシャはどうしようもなく溢れる涙で頬をよごし、泣きじゃくりながらこたえた。

「私は、もう、ずっと前から、サイラスのものなのに。子供の頃から、ずっと。サイラスのものになるのでなければ、誰のものにもならないのに。そう決めて、だから、女官になったのに」

サイラスのいない故郷で、サイラスじゃない男の人の子供を産み、育てる、それが当たり前のまっとうな人生と言われても、全力で拒絶し振り払って、王都までやって来た。女官になれば、独りで生きていける。国王陛下に仕えるならば、田舎での両親の面目も立つ。

北の清らかに澄んだ雪の山々の空気を吸って育ち、同じ歳の女の子たちと比べてもいつも幼い、子供っぽいと言われてきた自分のどこに、こんな激しさがあったのだろう。

「誰のものにも、なりたくなかった。サイラスでなければ、一生、誰の」

サイラスはミーシャの止まらない涙を唇で拭い、頭を撫ぜ、優しく抱き締めた。やがて彼の体がこちらに倒れてきて、ミーシャの背中が執務机につく。

大きな手の指先が、ミーシャの喉に触れる。立て襟で首まで覆われ、気が遠くなるほど連なる小さな堅いボタンを、ひとつひとつ、外していく。

それはまるで、ふたりが経てきた時間の長さを確かめるかのように、ひとつ、ひとつ。

はらり、と最後に、ミーシャの髪が解かれた。

炎のように赤い木肌のマホガニーの執務机の上で、雪のごとく白く輝く肩や胸に、淡い(ペール)金色(ブロンド)がやわらかに波打って、豪奢に広がった。

「綺麗だ……ミーシャ」

サイラスの瞳が、感嘆に細められる。

「ん……っ」

露わになった脚を曲げて、ミーシャは爪先をよじらせた。

サイラスは固い執務机から小柄な体を両腕に抱き上げると、ふかりとクッションの弾むソファに横たえ、彼女の女官服も、自分の貴族の服も、すべて脱ぎ捨てていった。

服の上からでは貴公子然と細身に見えたサイラスの若く雄々しい体が、ミーシャの小柄さに似合わぬ女性的なたわわな胸とくびれた腰を抱く。

「あ……、ひぅ……っ」

彼の指先が、ぴちゃり、とミーシャの媚肉に隠された小さな花芯に触れた。

鮮烈なまでの快感にミーシャはびくんと跳ね起きて、思わずサイラスの首に強くしがみつく。体を丸め、腿をきつく閉じて膝頭をぎゅっと固くした。

けれどすでに両腿のあいだに挟み込まれた彼の手は、半円を描いてその敏感な部分を捏ね回し続け、ミーシャを身悶えさせる。

「ミーシャ、ここが好きか？　初めての女性は、ここから慣れていくといいらしい。だんだん気持ちいいこと覚えていこう。お互いに」

「お互、い……？　え、そう、なの……？　サイラスも……？」思わずそう尋ねると、

「仕方ないだろ、ミーシャをずっと待ってたんだから」拗ねて口を尖らせた。

「だって……いつも、すごく慣れた感じだったから……てっきり……」

「ミーシャだけを想ってきたって言ったろう。離れてた間だって、一生ミーシャだけだ」

「私が試験に受からなかったら、……もし王都に来なかったら、どうするつもりだったの

……？」

「ミーシャならやり遂げるって分かっていた。でもそうだな、そのときは白馬にでも乗って颯爽と故郷にかっ攫いに行ったかな」

「ふふ……おとぎ話の王子さまみたいに？」

「ミーシャが昔読んでた、絵本の王子さまみたいに。でもお姫さまのほうが迎えに来たな。それより、それって上手いってこと？　なら嬉しいけど、ミーシャこそいつもすごく反応して、どうすればいいか俺に教えてくれてたくせに。——これは？」

「や……っぁん、……っんぅ、や、あ、そこ、そんなにいじっちゃ、あ、あああ……」

きゅんと縮こまった花芯を撫でまわされ、捏ねられ、くすぐられ、つつかれると、ぞくぞくとしたものが下肢から駆けのぼってきた。

「ミーシャ、気持ちいい？」

訊かれて、羞恥心のあまり首を横に振ってしまう。するとサイラスが途端に不安げに眉を曇らせるので、ミーシャは目に涙を溜めて必死で頷き直す。

「……っ、ぅん……っ、う、ん、サイラス……っ、……き、もち……」

「可愛い。じゃあもっとしてあげる」

形のいい唇が蠱惑的に微笑むと、花芯を一気に激しく擦り上げられた。

手が前後に動き、花芯も蜜口も巻き込んで、舐めるようにこすり立てられる。熱く昂ぶる快感が体の奥から込み上げ、ミーシャは身をよじらせ、「――――あ………っ」

がくん、と儚い声をたてた。

喘いだその唇に、サイラスが艶かしく舌を入れてくる。互いに絡ませ合い、舐めまわし、味わい合うキスは、どうしてか、あの日のチョコレートの味がした。

ふたりは長い時間をかけて大人になっていった。

贅を凝らした布張りのソファに一糸纏わぬ裸体が絡み合い、汗と蜜が染み込む。

彼の指は最終的に三本、付け根まで愛液まみれになった。そうしてほぐれ始めたミーシャの奥処に、サイラスの辛抱強く耐え続けた屹立が、今こそゆっくりと入っていく。

「ふ……、……っ」

息を詰めたミーシャは、驚くほど大きく広げられてしまった両腿の、その中央でじんじんと甘く疼いている部分に、幼馴染みの熱棒がずぶずぶ突き立てられていくのを感じていた。

自身の太い根元までを全部、中の濡れ襞に埋めきると、彼は悩ましげな息を、はあ……、と大きく漏らした。両手でミーシャの頬をあたたかく包み込む。

「本当はずっと、こうしたかった、ミーシャ……。キスや触るだけじゃなく、おまえの中に……。いったい何度、あのまま組み敷きすべてを奪ってしまおうと考えたか知れない。

……少し動いていいか？　痛い？　大丈夫？」

「うん……うんサイラス、……して……。あなたに……されたい……」そうこたえる潤んだ瞳に、サイラスは長年堪えてきた男の衝動をどくんと膨れ上がらせた。

「ミーシャ……っ」

抽送が始まり、硬く太いもので中をこすり立てる刺激が与えられる。そのたびに腰から背すじへと得も言われぬ感覚が這いのぼってきて、

「ひ……ぅん……っ」

甘ったるい呼気とともに、ミーシャの背がソファの上で大きく仰け反った。蜜壁がひくり、ひく、と痙攣して、彼の脈打つ肉茎に切なく纏いつく。

「っ、く……、ミーシャ、それわざとしてる？　自分で今どうなってるか、分かるか？」

「ん……っ、わ、わかんな……っ、でも、中、ぬるぬる、されると、……は……ぁっ」

甘く乱れた吐息を辿り、彼の動きは徐々に激しく、また水音はぐちゅり、といっそう淫猥になっていった。長々と、最奥へと抉られる。ふるり、とミーシャは陶酔に腰を震わせた。

「あ……ぁ、奥……いっぱい当た……っ、ん、ああ……」

「奥？　ここが好き？」

剛直が突然、ぐりっと強く押し回された。

「──あっ、あ、あああっ！」

ミーシャは濡れた目を見ひらいた。肌がわななき、身悶えるほどの愉悦が全身を駆け巡る。白い喉を晒し艶かしくひきつった嬌声に、サイラスの硬い切っ先がいっそう子宮口に捻じ込まれてくる。

「ぁ……は………っ！　や……、はぁ……っ、サイラス……っ、ぁ、あぁぁん……っ」

恐ろしささえ感じて切っ先を逸らそうとしても、奥深くまで彼の熱杭を突き立てられていては逃れようがない。繋ぎとめられた下肢をのたうたせ、次から次へと昇り詰めてくる快感に、泣き濡れた瞳をただ彼に訴えさせるしかなかった。

「ミーシャ、そんなに可愛い顔で見るな、もう我慢できなくなる……っ。その潤んだ瞳も、桜色の唇も、上気した雪色の肌も……、砂糖菓子みたいなふわふわの髪も……」

薄淡い金の髪をすくい取って握り締め、サイラスは辛そうに目を細めた。いつも宮廷では涼やかに透るテノールの声がそんなふうに掠れるのを聞くと濡れ襞がいっそうぞくぞくとうねってしまい、

「っ、やあぁ……サイ、ラス……っ、サイラス……ぅん……っ！」

甘ったるくねだるいやらしい声と締め上げげに、くっ、とサイラスは固く目をつぶった。そして、「ミーシャ──、もう──っ」次の瞬間、弾かれたように腰を振りたくりがむしゃらに求めてきた。

おとぎ話の王子さまなんかじゃ全然ない、動物的な獰猛さで。

「……っ、は…………！　っあ、サイ、あっ、あ……っ………、………！」

声は快感に掻き消えた。何度も何度も、何度も衝き上げられる。猛々しく押し入られ、勢いよく肉茎が引き抜かれる。腰がとろけそうなほどの甘い浮遊感。それも束の間、再びずぶりと凶悪に穿たれる。じんじんと熱い蜜壁を際限なくこすられる。

「ミーシャ……っ、おまえの体が、こんなに気持ちいいなんて……もっとだ――」

「ぁ………っやぁ、っだめぇ、もっと、なんて、………あああっ」

止まらない雄の衝動に、たわわな白い胸が上下左右に弾む。柔肉の中心でぷっくり膨らんだピンク色がいっしょに揺さぶられる。生々し過ぎる揺れをとっさに両腕で庇おうとするのを払いのけられ、男の指が荒々しく食い込む。五指の間にはみ出る豊かなふくらみを執拗に味わわれ、揉みしだかれる。

「や……揉んじゃ……ぁ、っ揺らしちゃ、いやぁ、胸、恥ずかし……から……っ」

「どうして？　この柔らかい感触も何もかも、おまえのすべてを知り尽くしたいのに。俺にこうされるためにあるんだ。そうだろ？　違うミーシャ？」

「ふ……っ、ぅん、そう……、っ、サイラス、の………っ」

「ここもな？」じゅっ、と乳首を吸い立てられる。痺れる甘さが刹那の電流のように駆け抜け、

「あ、ああん……ッ」甘ったるく媚びる声が、クリスタルの照明が煌めく天井に向けて場違いに響き渡った。今更ながらに、ここは国王近侍の執務室、大勢の貴族や官人が行き交う宮廷の一室なのだと思い出す。

「サイ、ラス……っ、もし、誰……か来た、ら……、ど、しよ……、っく、ふ……っうん……！」波打つ淡い髪を揺らして必死に首を横に振るけれど、

「構うものか。俺は今日はもう在室してないことになってるし、もし誰かが訪れて来たとしても明日には分かることだ。そんなことより、俺だけを感じてろミーシャ」

「明日って……、…………あ、あ、あああっ！」

ずん、と彼の雄がひときわ強欲に穿たれた。頭に掠めた懸念などあっという間に押し流され、真っ白になる。

激しく体を打ち付けられる音、ぐちゅぐちゅという水音。互いの昇り詰めていく息遣いが、執務室の重厚な調度品に響いていた。苦しいほどに息が乱れていく。

「やぁ……あっ、あ、あぁんっ……、だめ、いっちゃ……ぁっ」

いやらしく蜜を噴きこぼす奥を、どこまでも衝き上げられる。艶かしく喘ぐミーシャにごりりと熱棒を捻じ込みながら、汗ばんだサイラスが囁く。

「達っていい、ミーシャ。何もかも全部おまえに捧げる。一生ミーシャにだけ、ずっと」

「……っ、サイ……っぁあん、あああぁっ……」

激しすぎる悦びの波がせり上がっていた。昂ぶる体が熱くて仕方ない。歓喜に収縮した蜜壁がさらなる愉悦を高まらせていく。嬌声をあげ続けるミーシャの引きつった最奥が、情熱を滾らせた剛直で狂おしく何度も穿たれる。

「愛してる、愛してる、ミーシャ……！　おまえは一生俺のものだ、誰にも渡さない。おまえを手に入れるためなら何でもする。何でもした。だから俺と……っ」

その声が荒々しく途切れた瞬間、脈打つ熱がミーシャの中で白い飛沫となって爆ぜた。

「あ、……………ん、あぁぁっ！」

サイラスの言葉の最後の意味を考える余裕などなく、ミーシャもまたひときわ大きな声をあげると、それきり豪奢なソファに果てていった。

同郷人で幼馴染みのミカエラ・スノーと王都の宮廷で再会したとき、サイラス・スプリングフィールドは、二年ぶりに北の清らかに澄んだ雪の山々の空気を吸ったと思った。
春の王宮にもかかわらず、まるでそこに、雪の精が佇んでいるかのようだった。上京したての、大きな旅行鞄を提げて。
回廊に射し込む光に、淡い色の髪はふわふわときらめいていた。

記憶にある二年前とは違い、ふっくら丸い頬は年頃らしくいくらかすっきりした輪郭になっていた。眼差しも、無邪気な少女のままではないどこか考え深げに大人びたものに感じられた。

けれどもちろんその髪色や、冷たい北国の雪解け水で洗われた白い肌、宮殿やそこを行き交う人々への抑えきれぬ好奇心に輝く瞳は、見間違えようもなかった。

だから彼はそこが近侍として常に一挙手一投足を見定められている王宮であることも忘れて彼女をこの腕に抱き締めそうになるのに、並々ならぬ自制心を動員したものだった。

ただ、その足で陛下の御前に上がり「郷里から婚約者が上京したので結婚します」と報告したのはまったく、舞い上がり過ぎていたと言うほかない。陛下はいぶかしそうに眉をひそめ、「そなたは我が王女の婿にするつもりだった」と返した。冗談かと思った。

十年を過ごした北の郷里でミーシャと別れたとき、十八と出遅れて出仕するうえ長年の相続争いで実家もガタガタの自分が宮廷でいかほどに身を立てられるか、先行きは不透明だった。まだ十六のミーシャを親元から引き離し連れて行くにも、あまりに早い。

それが、思いがけず早々に陛下の目に留まった。また自分たちのせいで何度も殺されかけた一人息子に異常なほど甘い両親の説得も、予想外に呆気なかった。何もかも準備万端。とばかり、思っていたというのに。

「勝手自儘な結婚を許してほしくば、王室入りを断っても余への忠誠は変わらぬと示せ」

と厳めしい頬髯がむくれてこの半年、それまで以上に陛下に尽くすことになった。一国の王に反対されていると知ったらミーシャが気にするだろうと、事情を話すこともできなかった。陛下には抜擢してもらった恩がある。ただ逆らうよりは正攻法で認めさせたい。

しかし最大の誤算は、ミーシャ本人であった。

自分の腕の中ですやすやと眠るミーシャを、サイラスはまじまじと見つめた。床に散らばった衣服を適当に拾い上げて、裸の体にかけてある。女官仲間からどう吹き込まれたのだか、まさか王女との婚約話を信じるとは。

(信じるか？　ふつう。あんな噂)

郷里での別れの日、『宮廷女官として王都へ来るといい』と告げた。

『それまでには俺も、ミーシャを迎え入れる準備をしておくから』、と。

登用試験を目指す彼女を見れば、故郷の誰もがミーシャはサイラスを追って上京するのだと分かる。再会が早まるかもしれないし、何より他の男を寄せつけずに済む。自分がいなくなった途端ミーシャに群がるのが目に見えている面々を思い浮かべれば片手の指じゃ足りなかった。あの時は、それは冴えた考えだと思ったのだ。——が。

上京と男よけの口実に勧めた女官の仕事がよほど水に合ったのか、何度か話を切り出そうとするたび、まだ早い、とばかりに毎回遮られた。生き生きと仕事に打ち込むミーシャはサイラスの目に清々しくも眩しくあるが、しかしその件といい王女の件といい。

（こいつ、俺と約束をしたこと覚えてないのか）

忌々しくなって、すこやかな寝息をたてるミーシャの鼻をつまんでやった。

「ふ……、う……、うん！」

するとミーシャははじけるように体を跳ねさせ、彼女を抱くサイラスの腕の中から手足を飛び出させた。がつん、と顎を跳ね上げられる。

こうやってミーシャはいつも俺の手からすり抜けて、なかなか俺のものになってくれないんだ。顎をさすりながらそう一抹の寂しさとともに、落ちたジュストコールを寝相の悪い彼女に掛け直してやる。俺のほうはとっくにミーシャのものなのに。

当人はむにゃむにゃとなにやら寝言を言って、至って平和そうな顔だ。その寝顔に、サイラスは苦笑まじりに愛おしく笑みをこぼす。

（まあ、これだけ待ったんだ。ミーシャが望むなら、もうしばらく先でもいいか）

いい夢でも見ているのか満面に笑みを浮かべたミーシャは、「んん……」と何かを探すように手足をばたつかせると、自分からサイラスの胸の中に戻ってきた。きゅ、と抱きついてくる。どきんとする。高鳴る鼓動で、彼女を起こしてしまわないだろうか。そう案じるうちにも、サイラスの胸板に、この上なく幸せそうに頬をすりつけてきて、

「ふぅん……、ん、サイラス、すき……、だいすき……ずっと……そく……」

「――――ミーシャ!!」

堪らずがしっと両肩を掴んだ。飛び起きたミーシャは寝惚け眼のまま、「え、え？」と辺りをきょろきょろ見回している。「え、あれ、ここ、どこ？　いま私たち牧場の……わ、裸だ！」

「ミーシャ俺もだ、やっぱり今すぐ結婚しよう！」

◇

突然大声で両肩を掴まれ体を揺さぶられたミーシャは、心臓が止まるほどびっくりした。体に掛かっていたジュストコールの前を慌てて掻き合わせながら、

「ふぇ、ふぇっこん？」

「違う、結婚。陛下のお許しは得た、今日。もう昨日か？　とにかく、やっと。起工が決まったろ。大運河治水の褒美をとらす、何なりと望みを申せ、ってようやく言わせた」

「……………え、えっと……だって、王女さまは？」

「だからただの噂だ。だいたい、いくらませてるったってまだたった十二歳だぞ」

「そうだけど、でもひと回りの年齢差だって貴族には普通でしょう」それに、私より遥かに女として脅威だってみんなが……と口ごもると、まあな、とサイラスは特に否定しない。

「けどそもそも俺にはとっくの昔に婚約者がいるし。……なに『え、そうなの!?』みたい

な顔してるんだ。まさか本当に覚えてないのか？　牧場で誓ったろ、羊がわらわら押し寄せてきて、ミーシャはシーツかぶってて、ずっと大好き永遠の約束って言ってくれたくせに。ほんと薄情だな、俺のほうは縁談が持ち込まれるたびにずっと、『郷里に婚約者がいます、じきこちらに呼び寄せる予定です』って断ってきたっていうのに」

『郷里に婚約者』……？　……まさか……、みんなが言ってた……！」

「あの噂はおまえのことだ」

「……………………!!」

くらくら、とミーシャはソファの上で倒れてしまった。起き抜けに情報量が多すぎる。

「………みんなに、あの噂はデマだって言っちゃった……」

「もしかして、俺と結婚したら女官仲間にいじめられる？」

「え？　失礼ね、そんな事しないわよ、そりゃちょっとは……すごく、手荒く根掘り葉掘り聞き出されるかもだけど、でもたぶん、祝って……、それにあなた今王女さまとの噂で、出世主義の幼女趣味男って株が大暴落してるしね」

「あ、そう。そりゃ良かった。じゃあ、もう問題ない？」

「え、えっと……、いえっ、でも私、仕事が……！　きっかけはあなたでも、本当に女官に憧れて、今本当に仕事がたのしくて、私は一人前の、立派な女官に……！」

「ああ、なればいい。言っておくが女官で一人前というのは相当だぞ、出身階級不問の実力主義だ。俺やスプリングフィールド家の後ろ楯なんか、一切利かないからな」

「の、望むところよ……！　って、え、辞めないでいいの？　あなた、跡取り息子でしょう。いえ、それ以前に、待って、私の身分じゃご両親がお許しになるはず……」

「全部問題ない。うん、我が親ながら、そんな甘いことだから相続争いにも付け込まれるんだって呆れるくらいだけど、でもそのおかげでミーシャとも出会えたんだし」と、サイラスはミーシャの鼻先にキスをした。「あと何か心配はあるか？　もうない？」

「え、ええっとぉ……」

なんだか知らないうちに用意周到に囲い込まれている気がひしひしとしてならないのだが、これは夢だろうか？

まだ、幸せな幼い夢の続きを見ているのだろうか……？

「サイラス、私……」

「私、……あの日、人違いだ、って思ったの」

「うん？」大きすぎる彼のジュストコールを着せ掛け直してくれながら、首を傾げる。

同郷人で幼馴染みのサイラス・スプリングフィールドと王都の宮廷で二年ぶりに再会したとき、ミーシャは、彼は人違いだと思った。

同姓同名の、他人の空似だと。

もちろん本当は、そうではないと分かっていた。彼を見間違えるはずがなかった。

けれどすっかり貴族然としたサイラスはそういう事にしたがっているのだと、納得した。

「もう故郷の頃とは違うんだって、他人を装うことでそう告げられているんだって……」

だから彼は、知らない人。

遠い遠い、眺めるだけで触れられない、おとぎ話の向こうの王子さまのような存在。

「ごめん、でもそれは」

「うん、私が利用されないようにって、それにそのあとすぐ、あなたが昔のままのあなただって分かって、涙が出るほど嬉しくて……でも、宮廷で貴族の服のあなたを見るたび、華やかな噂を聞くたび、陛下に認められて位が上がるたび……あなたはまるで王子さまみたい、って思うたびに、遠くて……、本当は、私には遠い人なんだって……いつも……」

「でも服は脱ぎ着できるものだ。噂はミーシャのことだったし、俺があれだけ陛下に認めさせたがっていたのも、全部ミーシャのためだった。そうだろ？」

「うん。うん、サイラス。うん……！」今着せ掛けられているのはまさに、彼の貴族の服だった。そのジュストコールの裾を握り締め、ミーシャは何度も頷いた。

「しかし王子王子って。中途半端に素を出すよりラクなだけなんだけど、ミーシャが嫌ならやめようかな。別にただの男だし、むしろミーシャの前では、ただの野獣だし」

「ばか……っ。王子やめなくていい、かっこいい。好きよ。野獣も、あの……好き、ぜんぶ好き」

「そう？　じゃあ、今度こそ聞いてくれ、最後まで」

サイラスは面持ちを改めると、「――ミーシャ」と手を取った。

「俺は、子供の頃からずっと、故郷でともに過ごした十年間も、離れていた二年間も、再会してからも、ずっとミーシャだけを想ってきた。約束を忘れたことは、片時もない。そしてこれから先も、一生、ミーシャだけを愛している。だから、ミカエラ・スノー」

空色のきれいな瞳で、手の甲に口づける。

「どうか、俺と結」

「するわ……！」

ミーシャは泣き笑いで彼の胸に思いきり飛び込んだ。サイラスが「いや、だからミーシャ、最後まで言わせて」と両腕で抱きとめて笑う。

「サイラス、好き、大好き。ずっと、ずっとずっと大好きよ、だから私と結婚して。約束よ、ずっと大好き、永遠の約束」

溢れる想いのまま口をついて出たのは、子供の頃とまるきりおんなじ求婚の言葉だった。

ふたりは目を見合わせて、吹き出した。くすくす笑い合いそうして、今日もう一度約束し合った。幼いあの日からずっと続いてきた、永遠を。

ギャップ萌え!

強面英雄は
お姉様な幼妻がお好き
イチニ　イラスト／駒田ハチ

「んっ……あっ……っ」

四つん這いになったトニアは、背後から穿たれる苦しさに身体を強ばらせ、シーツに爪を立てた。

ぐっ、ぐっと大きく熱いもので突かれるたび、ギシッギシッと寝台が軋む。

「うっ……んっ……」

悲しいわけでもないのに涙が滲む。黒い瞳からぽろりと落ちた滴がシーツに染みをつくる。

「辛いか……？」

低い声で問われ、トニアは首を横に振った。

初めてのときのような身体が裂かれる痛みはない。けれど秘めた場所を貫かれるのは、本当は辛く、苦しい。

侍女たちはいずれ慣れると言っていたけれど、男が大柄なせいかトニアが小柄なせいか、交わるのは十度目だというのに、いまだに慣れない。

トニアの嘘を見抜いたのだろう。小さな溜め息が聞こえ、トニアの奥から、ぬぷりと大きなものが抜けていく。

「……申し訳、ございません……」

「あなたが謝ることではない」

情けない気持ちになり謝罪を口にすると、男は汗で長い黒髪が張りついたトニアの背中に掛布をかけ、寝台から下りた。

「ヘラルド様」

トニアは身を捩り、男——夫であるヘラルド・ヘネガスを見上げた。

燭台の淡い灯りが彼の大柄な体躯を浮かび上がらせているが、表情は影になっていて見えない。しかしヘラルドが視線をそっとトニアから外したことだけは、仕草でわかった。

「無理をさせた。もう休むとよい」

抑揚のない低い声でそう言い残し、ヘラルドは部屋をあとにする。

彼が出ていくと、入れ替わるように年配の侍女ロウネが入ってきた。

「奥様。お着替えをお持ちいたしました。お湯の用意もすぐにいたしますので」

「……ありがとう」

トニアはロウネに礼を言う。

ヘラルドと結婚して、三か月が過ぎていたが、トニアは夫の寝顔を知らない。同じ寝台で、ともに朝を迎えたことがなかった。

（それどころか……）

慣れないトニアに気をつかってか、交合も今夜のように途中で止めてしまう。夫がトニアの身体の中に子種を注いだのは、初夜の一度きりだ。

妻としての役目をきちんとこなせない自分がもどかしく、日が経つごとに不安になってくる。

もともとこの結婚は、政略結婚だ。彼に愛され、望まれて妻になったわけではない。

押しつけられた、閨事も満足にできない妻を厄介に思い始めるのも、時間の問題のような気がしていた。

「奥様？　大丈夫ですか。……もしや、ヘラルド様が無茶をなさいましたか」

物憂げに俯くトニアに、ロウネが声をかけてくる。

「いいえ、無茶なことなどされていません。大丈夫です」

トニアは慌てて言って、重い身体を起こした。


タスク王国の第五王女トニアが、父王から降嫁するよう命じられたのは半年前のことである。

相手はヘラルド・ヘネガス。伯爵位を持つ正規軍の将軍で、民から『英雄』と称えられている男性だった。

タスク王国は隣国のウィルツ帝国と、長きにわたり国境の領土問題で揉めていたのだが、四年前、警備にあたっていた兵士同士の諍いが発端となり、紛争が勃発した。

武力による争いは一年もの間続き、多くの兵と民が犠牲となった。

国力は同程度なものの、ウィルツ帝国は軍備に力を入れていた。戦況は月日が経つごとに帝国有利となり、タスク王国側が領地を引き渡すことで終戦するだろうと思われていた。

しかし――。

王都から師団を率いて出征したヘラルドの活躍により、形勢は逆転した。

帝国側も正規軍を国境に送ろうとしたらしいのだが、ちょうどその頃、帝都で病が流行し始めた。軍を国境に送るには資金が必要だ。これ以上、民に負担をかけるわけにはいかなかったのだろう。帝国側から和平の申し入れがあった。

タスク王国側の勝利で紛争は終結し、長年の領土問題も帝国がタスク王国側の要望をのむかたちで解決をした。

それら全ては、ヘラルドの功績だと、民たちは彼を『英雄』と呼び始めた。

もちろん民だけでなく、王も彼の功績を称え、当時師団長の立場で、まだ二十代であった彼に将軍の地位を与えた。

厳(いか)めしい容貌をしているものの、清廉で実直なヘラルドの人気は、将軍になったことでさらに高まり、王や王太子よりも求心力のある彼を、やっかむ貴族たちも多くなっていった。

諍いの種になっては困ると、父王は臣下と話し合い、王家がヘラルドの後ろ盾となることを決めた。もちろんそこには『英雄』人気にあやかりたい、政権の思惑もあった。

そして――未婚で適齢期だった王女トニアが、ヘラルドの結婚相手に選ばれたのだ。

『あなたには申し訳ないと思っている』

ヘラルドへの降嫁が決まり、初めて顔を合わせたとき、彼は険しい顔をして謝罪を口にした。

トニアはなぜ彼が謝るのかわからず、『どうして謝られるのですか？』と問い、男を見上げた。

『王命とはいえ、まだ十八歳のあなたが私のような者に嫁ぐのは、不幸なことだと思う』

『お気になさるような年の差ではないと思いますが……』

ヘラルドは三十二歳で、トニアとは十四の年の差があったが、不幸だと嘆くほどの年齢差ではない。

『……年の差だけでなく、女性は……とくに若い女性は、私のような容姿の男は苦手であろう』

ヘラルドの体つきはがっしりしていて、背もトニアより頭ひとつぶん以上高い。

短い髪は小麦色で、肌は浅黒い。赤みがかった茶色の三白眼と、彫りの深い顔立ちのせいか、いつも怒っているように見えた。

人気とは裏腹に、強面（こわもて）な容姿と、戦場で剣を血に染める様は悪神のようだったという逸話もあって、彼に近づくことを恐れる者も多くいた。

『陛下にもそう申し上げたのだが……聞き入れてはもらえなかった』

この婚姻は、若くして将軍の地位を得た彼に不満を持つ貴族たちを封じ込める意味がある。いくら英雄であろうとも、王命に背くことはできないのだろう。

ヘラルドは厳めしい顔で、再び『申し訳ない』と口にする。

政略結婚である。彼自身の個人的事情もあるだろうに、トニアを案じてくれる。そんなヘラルドに、八年前の彼の姿が重なる。

トニアは彼が英雄と呼ばれる前、まだ一兵卒だったヘラルドに命を救われたことがあった。

侍女たちとともに、お忍びで街を歩いていたとき。

王都は治安がよいと油断していたトニアたちに、酒に酔った暴漢が刃物を振り回し、襲いかかってきた。

侍女がトニアを庇い、腕を刺されて倒れたのだ。

青ざめたまま固まって動けないでいるトニアめがけて、刃物が振り下ろされる。その瞬間、偶然居合わせたヘラルドが暴漢を押し倒した。

男はすぐに警備兵に引き渡され、騒然とする中、怪我をした侍女が手当を受けていた。

トニアが侍女の傍らで泣いていると……。

——怪我はないか？

トニアは十歳で、今よりももっとヘラルドと身長差があった。彼は跪き、小さな自分と目線を同じにして、眉を顰めて問いかけてきた。

ヘラルドは二十代半ばだったけれど、今とそう顔も体格も変わらなくて、トニアは怒って威嚇しているような男の顔に驚いて、さらに泣いてしまった。

彼は『すまない』『泣かないでくれ』と、厳めしい顔のまま慌てていた。

すぐに他の侍女が割って入ったため、彼とはそれっきりだ。

王女が『お忍び』で街に下り、騒動に巻き込まれたと知られれば醜聞になりかねないので、トニアたちが暴漢に襲われたことは伏せられた。ヘラルドもあのとき助けた子どもが、自国の王女だとは知らない。貴族の令嬢だと思っているはずだ。

(見た目は確かに少し恐ろしい。けれど……やはり優しい人……)

『わたしは……閣下との結婚を不幸だとは思ってはおりません』

父王から降嫁の話をされたとき、驚いたけれど嫌だとはカケラも思わなかった。

『閣下は、わたしにとっても英雄です。……どうか、わたしをあなたの妻にしてください』

トニアは真っ直ぐヘラルドを見上げ微笑んだ。

ヘラルドは眉を顰め、トニアから目を逸らした。そして、しばらくして『こちらこそよろしく頼む』と呟くように言った。

それから――。三か月の準備のあと、国を挙げて結婚式が執り行われ、トニアはヘラルドに降嫁し、王女からヘネガス伯爵夫人になった。

「奥様、こちらのお花はどこに飾りましょうか？」

ロウネの言葉にトニアは部屋を見回し、窓際にある棚に目を留める。

「……そちらの棚の上は……日差しで、早く枯れてしまうかしら」

「カーテンをしているので、大丈夫ですよ。水はこまめに替えましょう」

決めたものの不安になって訊ねると、ロウネはにっこりと笑んだ。

トニアは切り花を活けた花瓶を、棚の上に飾る。

結婚して、少しした頃。トニアが伯爵夫人として何をすればよいか訊ねたら、ヘラルドは『あなたは部屋で何もせずに笑っていればよい』と言った。

王女であったトニアに気をつかい発した言葉なのかもしれないが、何もするなと言われているようで、気が沈んだ。

落ち込んでいるトニアを見かねたのか、家令や侍女が『伯爵夫人』としての仕事を与えてくれた。

――主人が無骨なので殺風景な屋敷の内装を、トニアの『色』に変えていって欲しい。

そう請われたのだけれど、ヘラルドの好みもあるだろうし、あまり自信がない。なので、ささやかなことから始めた。

　庭で花を摘み、花瓶を選んで飾る。水を取り替えるのも、トニアの日課だ。

「お花があると、殺風景な部屋が明るくなりますね。ヘラルド様も喜ばれますよ」

「……だとよいのだけれど」

　ヘラルドの執務室には、どの花がよいだろう。できるだけ安らいで欲しいと、トニアは悩み、淡い色合いの花を選んだ。けれど改めて考えてみると、彼は日中は軍の職務で屋敷にはいない。帰宅も遅く、夕食もともにできない日がほとんどなので、花の存在に気づかないだろうと思う。

（けれど……ふと目をやったとき、花があるのに気づいて……一日の疲れが癒やされることもあるかもしれない）

　厳めしい顔をふっと緩めて、微笑んだりして――と思うけれど、夫が笑った顔をトニアは想像できない。

「この時期は、人員の異動があるらしく、毎年忙しくて、夜も遅いのです。しばらくすると落ち着くと思いますので。……愛想を尽かさないでくださいまし」

　すれ違い、ぎくしゃくしている夫婦を取りなすように、冗談めかしてロウネが言う。

（愛想を尽かされているのは、わたしのほうなのでは……）

　不安や愚痴をロウネに零しても、彼女を思い悩ませるだけだろう。

「……そういえば、あちらの部屋はヘラルド様の私室なのですか？」

トニアは心の内を隠し、話を変えた。

執務室には、出入り口とは別の扉があった。

「ああ、向こうは、先代の旦那様の使っていらした部屋です。今は物置になっているのですが……あ、そうだ。奥様に見せたいものが」

ロウネが意味深な笑みを浮かべ、扉を開ける。

「よいのですか？　勝手に入って」

「物置部屋ですから」

ヘラルドは両親を早くに亡くしていて、成人するまで叔父が後見人をし、家令が屋敷を取り仕切っていたという。ヘラルドが生まれる以前から、ヘネガス家で侍女として働いていたのもあり、ロウネは母代わりのような存在だったのだろう。ヘラルドとは雇い主と使用人の枠を越えた気安さがあった。

掃除はきちんとされているようで、埃はないものの、雑然と物が置かれている。

「これです。これ」

ロウネは箱の隙間から、額縁に入った一枚の肖像画を取り出し、トニアに掲げて見せた。

二十代らしき若夫婦が椅子に座り、十歳くらいだろうか。金髪の愛らしい顔をした少年が夫婦に寄り添うように、笑みを浮かべ立っていた。

「素敵な絵画ですね」

トニアが今まで見たことのある肖像画は、たいてい描かれている人物の目線が、こちらを向いていた。けれどこの絵に描かれた夫婦は、彼らの子どもであろう少年に穏やかな視線を向けている。

両親の愛情が伝わってくる、温かな絵画であった。

「ここに描かれている子ども、誰だと思いますか？」

「この金髪の少年ですか？」

「ヘラルド様です」

「えっ……」

「十歳のときのヘラルド様ですよ」

トニアは驚いて絵画を凝視した。

とてもじゃないが信じられない。絵画に描かれた少年は華奢で線が細く、輪郭は丸やかで、肌の色も白い。今現在のヘラルドの厳めしさは欠片もない。愛らしいこの少年が、ヘラルドの十歳の頃だとは思えなかった。

美化して描いたり、肖像画であっても自身の個性が出てしまう画家もいるだろうと思ったのだが――。

「今のお姿からは信じられないでしょうが、幼い頃のヘラルド様はそれはもう可愛らしくて」

「可愛らしい……」

『可愛らしい』という形容詞とヘラルドが結びつかない。

「十代半ばから、ぐんぐんと背が伸びて。お身体も逞しくなられて。でも幼いときは本当に甘えん坊でしてね。嵐や雷の夜は怖いと言って、よく泣いておられました」

その頃を思い出しているのだろう。ロウネは絵画に視線を落とし、目を細めた。

「性格がお変わりになったのは……お二人の死もあったからでしょうが」

「……確か、ヘラルド様のご両親は……」

「ええ。ちょうどこの肖像画が仕上がった頃にお亡くなりになって……」

ロウネは目頭を拭う。

ヘネガス夫妻はヘラルドが幼い頃、馬車の事故で亡くなったと聞いていた。

先ほどまで元気だった両親を、一度に二人とも失う。どれほど悲しく、傷ついたことだろう。

今の勇ましいヘラルドと、嵐や雷を怖がって泣く少年は重ならない。

しかし肖像画を飾らず、物置に置いたままにしているのは、いまだ彼が両親の死に心を痛めている証に思えた。

ヘネガス家の者たちは、ロウネを始めとしてみな朗らかで、トニアに対して優しかった。

最初の頃はトニアの身分に気をつかっているのか態度がぎこちなかった侍女もいたが、今では気兼ねなく話しかけてくれる。

王族として王宮という箱の中で過ごしてきたトニアは知らないことも多くあり、伯爵夫人として覚えることも山積みだ。けれど日々の生活には慣れ、穏やかな時間を過ごせるようになっていた。

唯一の悩み事はヘラルドとの関係だ。彼とは結婚してからずっと、もうすぐ五か月が経とうとしているのだが、いまだにぎこちないままだ。

会話もすぐに終わり、目が合っても逸らされる。交合の回数すら、徐々に減ってきていた。

(政略結婚なのだから、決して珍しいことではない)

貴族の中には、互いに愛人を持ち干渉しない、寒々しい関係の夫婦も多いと聞く。

寂しいけれど、割り切らなければならないのだろうと考え始めていた頃。

正午過ぎ、ヘラルドが三人の兵士に支えられながら帰宅した。

食事を終えたばかりのトニアが、侍女に呼ばれ慌てて玄関に向かうと、ちょうど家令とロウネが先に彼を出迎えていたところであった。

「いったいどうされたのです?」

「ロウネ!」

兵士に腕を支えられていたヘラルドが、弾んだ声で侍女の名を呼び、彼女に飛びついた。

「ひっ！　ぐっ……」

「ロウネ！　よかった！　知らない人ばかりで……」

ヘラルドの逞しい腕がロウネの身体をかき抱く。

巨体に抱き込まれたロウネが、うめき声を上げげた。

「ヘラルド様っ、お止めください」

「将軍、侍女殿が死んでしまいます」

家令と兵士がすぐにヘラルドを引き剝がしたのだが、解放されたロウネは生きてはいたものの「こ、腰が……」と顔面を蒼白にさせていた。

「どうしたの？　大丈夫？　ロウネ」

厳めしい顔で首を傾げ、低い声でヘラルドがロウネの身を案じている。――彼女を痛めつけたのは自分だというのに。

「ヘラルド様……いったい……どうされたのですか」

「お前たち、将軍を見張っていろ。申し訳ございません。ご説明をしますので」

ヘラルドの背後にいた兵士がそう言って、トニアに頭を下げた。

ロウネは医者を呼び、診(み)てもらうことになった。

兵士と他の使用人たちにヘラルドとロウネを任せ、トニアは別室で家令とともに事の説明を受けた。

訓練中の事故だったという。資材置き場の鉄柱が崩れ、部下の一人が下敷きになりかけたのを、ヘラルドが庇った。

二人とも下敷きにはならなかったのだが、その際、ヘラルドが傍にあった資材に頭を強くぶつけ、意識を失った。

すぐに目が覚めたのだが――。

『軍医が言うには、頭の怪我は未知なところがありまして、経過を見るしかないと。今のところ外傷は擦り傷と、たん瘤ぐらいなのですが、目が覚めた将軍の様子が……その明らかにおかしくて。頭を打った衝撃で記憶が混乱しているのか、自分を十歳だと思っているみたいです』

部下の兵士たちのことを覚えていなかったヘラルドは、『おじさんたち誰？』と言って、泣き出したらしい。

念のため、ロウネの腰を診た医師にも、ヘラルドを診てもらう。

軍医と同じで、安静にして経過を見守るように言われた。

頭の怪我だ。心配だけれど、吐き気や頭痛はなく、異常なのは記憶だけなので、命に別状はないだろうとのことだった。

家令、そしてヘラルドの叔父にも来てもらい、話し合いをした。

ヘラルドの様子から、当分の間は極力、動揺させずにいたほうがよかろうと、彼を十歳の少年として扱うのを決める。

屋敷内の鏡も、しばらくの間は隠し、自身の姿を見せないようにする。

そしてトニアは――ロウネが腰を痛めてしまったため、ヘラルドの世話ができなくなったのもあり、妻ではなく遠縁の娘という立場を演じ、彼の世話をすることとなった。


「ヘラルド様のお世話をお一人でするなど。大丈夫ですか」

ロウネは王都にある彼女の娘の家で、しばらく療養することが決まっていた。

「みなに手伝ってもらいますし。あなたこそ。腰は平気ですか」

「ええ。三か月ほどお休みをいただきますが。ヘラルド様がずいぶん気にしておられたから、平気だと伝えておいてください」

ヘラルドはあれから、乱暴な真似はしなかったものの、ロウネの傍をぴったりとくっつき、離れずにいた。しかし途中で眠くなったのだろう。うとうとし始め、椅子に座ったまま寝入ってしまった。

脱力した巨体を、先ほど使用人が三人がかりで寝室に運んだところだ。

「伝えておきます……ロウネ？」

ロウネは顔を歪めたかと思うと、手で顔を覆った。

「十歳の頃に戻られたのは……ご両親がお亡くなりになった年齢だからだと思うと……坊ちゃまが哀れで……どうか奥様。坊ちゃま……ヘラルド様をよろしくお願いいたします」

ロウネは泣きながら言うと、トニアの手を握り、頭を下げた。


屋敷を出るロウネを見送ったあと、トニアは眠っているヘラルドのもとへ向かった。

ノックをしてみるが返事がない。

物音を立てないよう気をつけながら、部屋に入った。

ヘラルドは仰向けで眠っていた。

（ヘラルド様の寝顔を見るのは初めてだわ……）

初めて見る彼の寝顔は、眉間に皺が寄っていて、眠っているときも威嚇しているみたいだった。

痛みがあるからこのような顔つきなのだろうかと不安になるが、寝息は安らかだ。

（お世話するのがわたしでよいのかは、わからないけれど……）

最初、家令は別の者にヘラルドの世話をさせると言ったが、トニアは自分に任せて欲しいと願い出た。

夫が困っているときに手助けするのは妻の役目だ。その役目を誰にも譲りたくなかった。

ヘラルドがトニアのことを妻として認めていないならば、迷惑でしかないのだけれど。

「ん……」

ヘラルドが唸り、パチリと目を開けた。

「ヘラルド様？」

赤みがかった茶色の三白眼がトニアを映す。

「……あなたは誰ですか？」

厳めしい顔と低い声、けれどもあどけない口調でヘラルドが問う。

「……ロウネ。ロウネはどこですか？」

ぶわりと双眸に涙が滲み始め、トニアは驚く。ヘラルドが泣く……いや、男性が泣く姿を初めて見た気がする。

ヘラルドは厳めしい顔のまま、眉を下げて唇を歪め、三白眼からはらはらと涙を零した。いつもと違う彼の姿に違和感で顔が引きつりそうになるのを堪え、トニアは笑みを浮かべてみせた。

「わたしは、トニアと申します。ロウネの代わりにお世話をさせていただきます」

「新しい侍女の方ですか？」

問われてから侍女にしておけばよかったと気づく。そのほうが自然だったが、家令は演技とはいえトニアを使用人扱いすることに遠慮したのだろう。

「ヘラルド様の親戚で……先日からこちらでお世話になっているのです」

「ぼくの親戚？」

ヘラルドは軽く首を傾げる。

先日ロウネに見せてもらった肖像画のヘラルドなら、その仕草はきっと愛らしかっただろう。

けれど強面でそれをされると、なんとも奇妙な気持ちになる。

「親戚なら、トニアお姉様ですね。あっ、お姉様と呼んでもよいですか？　ぼく、一人っ子で。ずっとお姉様が欲しかったのです」

ニヤっと唇を歪めて言う。いつか彼の笑顔を見てみたいと思っていたが、笑顔というより、『嘲り』のようで少々恐ろしい。

「ええ、どうぞ、お姉様とお呼びください、ヘラルド様」

ぼくは弟なのだから呼び捨てにしてくださいと請われたが、さすがに無理なので、断った。

精神年齢十歳のヘラルドとの生活が始まった。

身体が大きくなっていることをもっと不思議に感じるかと思っていたが、『成長なされたのです』と言うと『ぼく大きくなったんだね』とすんなりと受け入れていた。

以前より力も強くなったので気をつけてくださいとお願いすると、ロウネの一件を気にしていたのだろう、沈んだ顔で『はい』と頷いた。

大きくなったことを素直に受け入れていたので、記憶が戻るのがいつとも言い切れないこともあり、三十二歳になっていることを教えてもよいのではと、家令と相談した。

そして事故から一週間後に、鏡も見せたのだが――。『怖い！　変な怖い顔のおじさんが映ってる！』と自分の顔を見て、蒼白になりガクガクと震えてしまった。

トニアは『この鏡は壊れているみたいですね』と逞しい背中を撫でて、宥めた。

体つきとは違い、容貌の変化は受け入れがたいのだろう。もうしばらくは、このままで様子をみることにした。

たん瘤も治まり、頭痛や吐き気など、体調の変化もないようだ。しかし記憶に関しては、明日戻るかもしれないし、一年後かもしれないし、永遠に戻らないかもしれない。先の見えない状況だった。

「お姉様、食べないとなりませんか」

むすりとした顔でヘラルドが言う。

お皿のすみには人参（にんじん）が残っていた。

「好き嫌いをしていたら、大きくなれませんよ」

トニアは女性の中でも小柄なほうだし、ヘラルドはこれ以上大きくなっては困るだろう。好き嫌いなく食べたところで、生まれ持っての体つきが変わるわけではないのだけれど、トニアはお姉さんぶって言う。

「頑張ります！」

ヘラルドが顔を顰めながら、人参を口にした。

その様子をトニアは微笑ましく見つめる。

「ほら！　食べました」

ヘラルドが空になったお皿をトニアに見せる。

厳めしい顔だ。愛らしさなどカケラもないはずなのに、不思議と可愛らしく思えてくる。

「偉いですね、ヘラルド様」

トニアが褒めると、逞しい胸を張ってみせる。

「わたしの人参も食べますか？」

「それは駄目ですっ」

これ以上、人参を口にしたくなかったのだろう。慌てた様子で言う。

ヘラルドは日を追うごとに『お姉様』を慕うようになっていた。

十歳の状態で軍務につくわけにはいかないので、ずっと屋敷にいる。本を読んだり、庭の散歩をしたり、いつも一緒だ。

夜も――記憶を失って以来、夫婦の寝室は使っていなかったのだが、雷が鳴る嵐の夜、トニアの自室をヘラルドが枕を持って訪ねて来た。

『お姉様、怖くて眠れないので一緒に寝てください』

躊躇ったものの、大きな背を丸めて涙目で請われると、断ることができなかった。

眉を顰め、雷が鳴るたびにビクビクと窓のほうを見る。

――彼の両親は、馬車の事故で亡くなっていた。嵐の夜、外出先から屋敷に戻る途中に崖崩れに遭ったのだ。

十歳のヘラルドは『ロウネ』と口にしても、両親のことは言わない。両親の不在を受け入れていた。

『お姉様……手を繋いでください』

トニアは差し出された彼の温かな大きな手を握り、怯えるヘラルドの身体を抱き締めて眠った。

（以前は交合が終わる……いえ、終わらなくとも途中で出ていっていたのに……）

そのとき以来、ヘラルドはトニアの寝台に潜り込んでくるようになった。

逞しい腕に抱かれた状態で目が覚めたときは、疚しい気持ちなどないというのに、妙に意識をしてしまい胸が高鳴った。

皮肉なことに、ヘラルドが記憶を失ってからのほうが、トニアが想像していた結婚生活に近かった。

ヘラルドは優秀な軍人だ。国のためにも、記憶を早く取り戻して、以前の彼に戻ってもらわないとならない。ヘラルド自身にとってもこの状況は災難だろう。

だというのに――少しでもこの生活が長く続けばと願ってしまう。

家令をはじめ使用人たちは、子ども返りをした夫の世話をするトニアに同情していた。けれど世話をすることが、彼の傍らにいられることがトニアは嬉しかった。素っ気ない態度を取られたり、目を逸らされたりもしない。無邪気に慕ってくれるのだ。

この生活を失いたくない。以前のような、ぎこちなく寒々しい関係に戻ってしまうのが怖い。そんな自分本位な考えを抱いてしまっていた。


「姉上、お久しぶりです」

侍女に呼ばれ客室に向かうと、優しげな面立ちの少年がトニアを迎えた。

第四王子でもあるトニアの六歳年下の弟だ。父にはトニアの母でもある正妃の他に、二人の側室がいたが、世継ぎ争いなどもなく、妃同士も仲がよかった。

近くの孤児院を慰問に訪れたので、帰り道に寄ったらしい。

こうして顔を合わせるのは結婚式以来になる。

「あの……ヘラルド将軍は……」

弟はそわそわとした素振りで訊ねてくる。姉ではなく、姉の夫に会いに来たらしい。

（そういえば……ヘラルド様に憧れていたわ……）

彼のようになりたいと、重りをつけて王宮の庭を走ったり、階段を上り下りしたりしていた。鍛えても筋肉がつかないらしく、落胆していたのを思い出す。

「ヘラルド様は……今、ご病気で……」

今のヘラルドに会わせるのはお互いにとってよくない。早めに帰ってもらおうとしたのだが、言い終わる前に背後で扉が開く音がした。

「ヘラルド将……んん」

トニアは慌てて、弟の口を押さえた。

「……お姉様？　何をしていらっしゃるのですか」

「おね……？　んんっ」

「ヘラルド様。すぐに戻ってきますので、こちらでお待ちください」

トニアは強引に腕を引っ張り、弟を部屋の外に連れ出す。

詳しいことは話さず、心労がたたって病気になっているとだけ伝えた。

先ほどの様子と『病気』が結びつかず、納得がいっていないようだったが、憧れであるヘラルドに迷惑をかけたくはなかったのだろう。ヘラルドの病気は秘密にすると約束して、その足で王宮に戻った。

物わかりのよい弟にホッとしたのだが……。

「お姉様。先ほどの少年は誰ですか？　お姉様とどういったご関係なのですか？　どうして二人きりでいたのです？　何を言おうとしていたのですか？　なぜ口を押さえて、喋らせないようにしたのですか？」

部屋に残したほうの『弟』は不機嫌な顔で、矢継ぎ早に質問をしてきた。

「あの子は……わたしの弟です。その……粗野な口調のため、ヘラルド様に失礼があってはならないと口を押さえたのです。お気になさいませんように」

「弟……」

ヘラルドはトニアの説明を聞いても、不機嫌そうにムスッとしたままだった。ただでさえ強面の顔が恐ろしい有様になっている。

「ぼくだけの……お姉様だと思っていたのに」

ぽつりとヘラルドが呟く。

どうやら『お姉様』を取られたと、可愛らしい嫉妬をしているらしい。

「二人でいる間は、ヘラルド様だけのお姉様ですよ」

怒りが解けないようならしばらく放って置こうとも思ったのだが、ヘラルドはぎゅっとトニアに抱きついてきた。ロウネを怪我させたこともあり、加減はしていたようだけれど、少しだけ痛かった。

「ヘラルド様、どうしたのですか」

先に寝台に横たわっていたヘラルドが、トニアが横に座ると、そっぽを向くように寝返りを打った。

いつもなら『お姉様』と言って、ニコニコとトニアと手を繋ぎたがるのに珍しい。

横を向いて、お腹を押さえ、もぞもぞと動いている。

「ヘラルド様？　お腹が痛いのですか？」

「トニアお姉様……ぼく、病気なのかもしれません……」

低く、掠れた声でヘラルドが言う。

「頭が痛いのですか？　吐き気はありますか？」

頭をぶつけた事故から、もうすぐひと月になるが、今になって症状があらわれ始めたのだろうか。トニアが訊ねると、ヘラルドは顔を横に振る。

「熱いんです」

風邪だろうか。最近、朝が肌寒くなってきた。風邪で熱が出ているのかもしれない。

トニアは彼の額に手をやる。そう変わらない気もするけれど、念のため医者を呼んだほうがよいだろう。夜も深いが、侍女にお願いしに行こうとしたのだが。

「あそこが、かたくなって……熱くて……ぼく、病気でしょうか？」

「……あそこ……?」

ヘラルドはがばりと半身を起こした。座った状態で、足を開く。

「ここが、熱くて、ムズムズして、大きくなってるんです！」

ここと、足の間を指で示した。

柔らかな布地の寝着のため、その部分がこんもりと膨らんでいるのがわかった。

「ぼく、病気でしょうか？」

トニアは答えに詰まった。

病気では、おそらくない。

結婚前、トニアは王女付きの侍女から、ある程度の閨の知識を教えられていた。

男性のその部分は性的欲求を覚えると、硬く膨らむのだ。勃起することにより、女性器に挿入しやすくなるからである。

女性器に男性が子種を出すことにより、妊娠をする。男性が子種を出せるようになる年齢は人によって違うというが、早ければ十歳で『精通』を迎える子もいるという。

――と考えて、トニアはヘラルドが十歳ではないことを思い出す。

三十二歳だ。とうの昔に精通を終えているはずである。

（いえ……はずではなく、初めてのとき、わたしの中に放っておられたから、精通はすませておられる）

痛みと苦しさで、放たれたその瞬間の記憶はない。

けれど、行為が終わり、ロウネの手を借りて身体を拭き、痛みで疼くそこに軟膏を塗った。……いくら侍女とはいえ、そこに触れられるのは恥ずかしかったので、自ら塗ったのだが、そのとき奥まった場処から白濁の粘ったものが流れ出た。

トニアが眉を寄せていると、その様子から察したのだろう。『子種でございましょう』とロウネは案ずることはないと教えてくれた。

「……お姉様？　ぼく、病気ですか？」

そのときのことを回想していたトニアは、ハッとして彼を見た。

「いえ……ヘラルド様。ご病気ではありません。ヘラルド様は健康な男子でいらっしゃるので、そのような現象が起きたのでしょう」

「そのような現象……？」

「性器が……大きくおなりになったことです」

「でも腫れているのです。……病気ではないのですか？」

「腫れではありませんから、心配しなくとも大丈夫ですよ」

ヘラルドはトニアの言葉にホッとした表情を浮かべたものの、すぐに眉を顰める。

「でもお姉様……ムズムズするのです」

そう言って、自身の下腹部を押さえた。

「あっ」

押さえると同時に、思わずといった感じで甘い息を漏らした。

「お姉様……ぼく……ここ、おかしいです……」

掠れた低い声で言われ、トニアの心臓が弾んだ。

(わたし……どうしたの……)

何も知らない無知で無垢な少年に、ドキドキしている。いや、実際は強面の三十二歳なのだが――。

(おかしなことではないわ。この方は、わたしの夫なのだし、交合だってしたのだから……。苦しいのなら、介抱するのだって、おかしなことではない……)

「お、お姉様が……見て差し上げましょう……」

トニアは心の中で言い訳をし、震える声で言った。

ヘラルドはもそもそと下肢を緩めた。

大きな逸物がぶるんと弾みながら、露わになる。先端が上を向き、そそり立っていた。

トニアはヒッと声を上げそうになるのを我慢する。

交合はしていたが、男性器をはっきりと目にするのは初めてであった。

大きく硬い棒状のものだとは聞いていたし、実際、自身の中に入れられた感覚からも、そのような形状だと想像はできた。

けれど、これほど太く長いモノだとは思っていなかった。

こんなモノが自分の中に入っていたなど信じられないし、痛く苦しかったのも、当然であろうと思う。

「お姉様……あまり見ないでください……ぼく、恥ずかしいし……見られてると、熱くなってしまいます」

先ほどより、大きく……角度も上を向いた気がする。

「お姉様……」

荒い息で名を呼ばれ、頭の奥がじんと痺れた。

（苦しいなら……助けて差し上げないと）

トニアは震える指で、それに触れる。

「お、お姉様っ……」

太いそれの側面に手を添えた。

（熱い……それに、とても硬い）

側面には筋のようなものが浮き上がっていて、ごつごつしている。

「あっ……お、お姉様っ」

張り出した先端は、つるりとした指触りだ。

（……この先っぽから子種が出るのかしら……）

トニアは好奇心のままに、人差し指の腹で先端をなぞった。

「おっ……ううっ」

ヘラルドが獣のように唸った。そして——びゅっと先から白濁が断続的に噴き出した。

勢いよく飛び出たそれはトニアの顔にまでかかる。

「……お、お姉様、ごめんなさい、ごめんなさい」

粗相をしたと思ったのだろう。射精を終えたヘラルドが、慌ててトニアの顔を指で拭った。顔に散った白濁が、塗り広げられる。

「お姉様、ごめんなさい。嫌わないで」

「生理現象なのですから仕方のないことです……このようなことでヘラルド様を嫌ったりはしません」

「本当ですか?」

「ええ……拭くものを持ってきますから……少々お待ちください」

トニアはそそくさと寝台から下りて、部屋を出る。

(わたし……なんてことを……)

夫といえども、記憶をなくし、精神年齢が十歳になっている。勃起したままでは辛いはずだ。しかし、癒やしたい気持ちがあったとはいえ、男性器に触ってしまうなんて。

ヘラルドの匂いが、顔だけでなく体中に染みついている気がした。

侍女に用意をしてもらうのは気が引けたので、トニアはこっそりと浴室に行き顔を洗い、布に水を浸してから、寝室へと戻った。

トニアが受け止めたからであろう。見たところシーツは汚れていないようだ。

「……ヘラルド様、これでお拭きください」

「お姉様……拭いてくれますか……?」

上目遣いで言われたトニアは、布でヘラルドの男性器を拭いた。

そして再び頭をもたげたそれに、布地と手を汚されてしまった。


それから、ヘラルドは手でされることの悦びに目覚めてしまったのだろう。

毎夜、手淫を強請(ねだ)るようになった。

十歳の少年に悪いことを教えている罪悪感があった。しかし夫に求められることが嬉しくて、拒めず、つい手を出してしまう。

子種を出さずにいるのは辛いからお手伝いしているだけ、と心の中で弁解をしながら、彼の雄々しい男性器を遂情まで導いた。

シーツを汚してしまうこともあるので、侍女たちからは寝台で二人が交合まがいのことをしていると気づいているだろう。しかしもともと夫婦なのだ。誰もトニアを咎めたりはしなかった。

「お姉様……もっとキツく握ってください」

ヘラルドのそれは太いので、片方の指だけでは収めることができない。トニアは両手で挟み、ヘラルドの気持ちよい部分――先端の出っ張りの裏を親指でぐりぐりと擦った。

「あっ……そこっ」

「気持ちよいですか？　ヘラルド様」

彼の股の間に座ったトニアが顔を上げると、ヘラルドは険しい顔をして、こくこくと頷く。

「気持ちいいっ……お姉様、でちゃいますっ」

トニアは傍に置いていた布を彼の性器の上に被せた。ヘラルドは宣言したとおり、すぐに遂情した。ビクビクと震え、ふうと長い息を吐く。

トニアは彼の子種で汚れた布を寝台近くに置いてある籠に入れ、寝台に戻る。

「きちんと服を着なければ、風邪を引いてしまいますよ」

トニアは慣れた仕草で、彼の乱れた下肢を整えた。

「お姉様」

低い声とともに大きな手に腕を引かれる。トニアの身体がすっぽりとヘラルドの逞しい胸の中に閉じ込められた。

じくりと下腹部が疼く。気づかれないように彼の硬い太ももにそこを軽く押しつけた。

「……お姉様と眠るようになって、ぼく怖い夢を見なくなりました」

「怖い夢ですか？」

「雨がざあざあ降っていて。雷がなっていて。ロウネが伝えに来るんです。父様と母様が事故に遭ったって」

ぎゅっとトニアを抱き締めている腕に力が入る。

「嵐だから、雨が止むまで待つようにと引き留められたのに……あの日、ぼくの誕生日で、怖がっているだろうから戻らないといけないと言って、叔父の屋敷を出たんです。その途中で、馬車が土砂崩れに遭って……二人は二日後に、見つかりました……土砂で泥だらけになった父様と母様、そしてぼくの誕生日プレゼントがありました」

ヘラルドは誕生日に両親を失ったのだ。耳にしていた以上の悲劇に、胸が痛くなる。

「ぼくへのプレゼントのために、二人は叔父の家に行きました。ぼくが母様にプレゼント早く欲しいと言ったから……曇り空だったのに、二人は叔父の家に行ったんです。ぼくがあんなことを言ったから、お父様とお母様、それに御者も死んでしまった……」

ぐすりと鼻をすする音がした。

「ヘラルド様のせいではありません。天災です。誰も悪くなどないのです」

トニアは彼の広い背に指を這わし撫でた。

少しでも彼の悲しみを癒やしたくて、『あなたは悪くない』と繰り返した。

ロウネが言ったとおり、十歳という年齢に戻ったのは、亡くなった両親のことがあったからなのだろう。

彼は事故の責任を感じ、傷ついていたのだ。

トニアは夫に求められていると感じ、無垢な少年に、欲望を抱いてしまっていた己を恥じた。

ここにいるのは夫ではない。妻ではなく、彼の姉として振る舞わなければならない。

(けれど、今夜だけ……)

トニアは温かな胸に額を当て、切なく目を閉じた。


翌日――。

トニアはヘラルドの逞しい胸の中で目覚めた。

「……トニア」

「ヘラルド様。おはようございます」

赤みがかった茶色い瞳がトニアを見つめている。じっと険しく見られ、トニアは軽く首を傾げた。

「どうかされましたか？」

「いや……なんでも……いえ、なんでも……ありません」

どこか辿々しく、ヘラルドが答える。

「ヘラルド様？」

「なんでもありません……おはようございます。お、お姉様」

ヘラルドはそわそわと視線を揺らし、朝の挨拶をする。

もしかしたら、昨夜両親のことを話したのを恥ずかしく思っているのだろうか。

この年頃の少年は過敏だと耳にしたことがある。思春期なのかもしれない。

トニアは彼のいつもと違う様子に気づかないふりをして、「起きて朝の準備をいたしましょう」と微笑んだ。


ヘラルドが事故で記憶を失ってから二か月が過ぎた。

あの日、両親のことを聞いて以来、ヘラルドと共寝はしていなかった。

彼のほうから一人で眠ると言い出したのだ。過去の痛みを口にすることで、何かが吹っ切れたのだろう。

どちらにしろ、嵐でどうしても眠れない夜以外は一人で眠るように諭そうと思っていたので、よかったのだけれど……少しだけ寂しくもあった。

性的な行為も、トニアに求めなくなった。自分ですることを覚えたのかもしれない。

『英雄』が不在のままでは軍も格好がつかないらしく、軍務にも復職した。もちろん今までのような職務は無理なので、雑務をしているという。

心配だったけれど『兵士のお兄さんたちが、お世話してくれているから平気です……お姉様』と言っていた。

夜も共寝をやめ、日中も家を空けるようになったので、ヘラルドと顔を合わす機会も減った。

けれど冷たい関係になったわけではなく、朝と夜は必ずともに食事を取ったし、帰宅してからの時間はお互いに、その日にあったことを話して過ごした。

思春期の芽生えで、恥ずかしげな様子を見せることが増えたけれど、トニアの長い髪に触ってみたり、傍にいると手を繋ぐのを強請ってきたりと、甘えてくるのは変わらなかった。

彼が軍務に出た初日。

疲れていたヘラルドに、トニアは膝枕してあげた。長椅子だったので、身体が大きいヘラルドは狭苦しいかと思ったのだが気に入ったようで、それからというもの『あれをしてください、お姉様』と言って、膝枕を強請りはじめた。

断る理由もないので、トニアはたびたび、膝の上に彼の頭を乗せ、触れてみると意外にも柔らかだった小麦色の髪を撫でて穏やかな時間を過ごした。

そんなトニアたちを屋敷の者たちは温かな視線で見守っていた。

こんな風に穏やかなときが過ぎていくのだろうと思っていたのだが。

ある日、ロウネの腰の具合がずいぶんよくなったと聞いたので、様子を見に彼女の家を訪ねた帰り道のことだった。

記憶を失ったヘラルドを支えていた兵士と、トニアは偶然出くわした。

今日は非番だという彼と挨拶を交わす。トニアはまだ十歳であるヘラルドがきちんと軍務に就けているのか心配だったので、それとなく話をふった。すると――。

『一時はどうなることかと思いましたが記憶が戻られ、本当によかったです』

そんな言葉が返ってきたのだ。

『そうですね』とトニアは平然を装い答えたが、激しく動揺していた。

(いったいどういうことなのだろう。ヘラルド様の記憶が戻っている？)

戻っているなら、なぜ言わないのか。いつから戻っているのか。あの兵士の勘違いなのでは。

トニアは悶々と過ごし、ヘラルドが帰ってくるのを待った。

「お帰りなさいませ。ヘラルド様」

「ただいま戻りました。……お姉様」

　出迎えると、厳めしい顔のまま……けれどどことなく、何となくだが……はにかんだ雰囲気でヘラルドが応じる。

　彼の自室へ行き、着替えを手伝う。

「お姉様、今日の夕食は何でしょう？」

「今日は、牛と野菜の煮込みですね」

「わぁ……人参がたくさん入っていそうですね」

「残さず食べないとなりません」

「ぼく、大きくなるために、頑張って食べますね」

「……そうですね」

　トニアがじっとヘラルドを見上げていると、ヘラルドが訝しげに見下ろしてくる。

「今日……昼間、ロウネのところへ行きました」

「ロウネ……彼女の容体は……いや、いえ。ロウネ……元気でしたか？」

「元気でした。もう普通に歩けるようになったので、復帰したいとのことでした」

「無理はせずとも……無理をしては駄目です」

　確かに、改めて振り返ってみると、態度に違和感を覚えることがあった。

　記憶が戻っているせいなのかもしれない。けれど戻っているなら、なぜ十歳の演技を続けるのか、トニアにはわけがわからない。兵士が知っているということは、家の中でだけ戻っていないフリをしているということだ。

「どうかしました？　お姉様」

彼の上着を持ったまま考え込んでいると、ヘラルドが首を傾げた。

「いえ……なんでもありません」

トニアは不可解な気持ちのまま、そう答えた。

夕飯をともにする。ヘラルドは『大きくなるために頑張って人参を食べます』と言い、人参を頬張っていた。

食後は、彼の部屋で二人きりで過ごした。いつものように、他愛のないお喋りをし、膝枕を強請られたので、自身の膝の上に彼の頭を乗せる。

（このまま……騙されたフリをし続けたほうがよいのかしら……でも）

話してしまえば、この和やかなひと時も終わるのだろう。そう思うと訊くのが怖い。けれども記憶が戻っているのに『お姉様』呼びされるのは、何だかとても恥ずかしいし、こうして膝枕しているのが、十歳のヘラルドではなく、記憶を取り戻した夫なのだと考えると、胸の中がぞわぞわするのだ。

「ヘラルド様。お訊ねしたいことがあります」

トニアは彼の髪を撫でる指を止め口を開いた。

「何ですか。お姉様」

気持ちよさげに目を閉じていたヘラルドが、ゆっくりとトニアを見る。

「今日、ロウネのところに行った帰りに、あなたの部下の方と偶然お会いしました」

「………」

トニアを見上げる三白眼の双眸が揺れる。そして――。

「……………すまない」

何を訊ねたいのか察したのだろう、長い沈黙のあと、ゆっくりと、ぎこちない動作で身を起こし、短い謝罪を口にした。

「どうして、記憶が戻られていることを黙っていらしたのですか?」

「……すまない」

「……謝罪が聞きたいわけではなく、なぜ黙っておられたのか、知りたいのです」

「その……言い出せなかったのだ……」

ヘラルドは訥々と、黙っていた理由を話し出した。

記憶が戻ったとき、記憶を失っていた間の出来事もきちんと覚えていた。どのような顔で接すればよいのか戸惑い、そうこうしているうちに言い出せなくなってしまったらしい。

「それに……その、あなたも十歳の私とのほうが……安心して暮らせるのではと……」

「安心……ですか?」

「十歳の私には、あなたは気兼ねなく話しかけていた。記憶が戻れば、またあなたを怖がらせてしまう。ならば、このままのほうがよいと思ったのだ」

「わたしは……あなたのことを怖がってなどおりません」

「だが……いつも、遠慮しているだろう。ロウネや他の侍女への態度と、私へ向ける態度は違った。いや、責めているのではない。当然のことだと思う」

何が当然だというのだろう。トニアは勝手に納得されて、不快な気持ちになる。

「わたしがヘラルド様にだけ遠慮しているように見えたのなら、それはあなたのことが怖いからではありません。あなたが素っ気ないから……わたしのことを不愉快に感じられているのだと思っていたからです」

「私はあなたを不愉快に思ったことなどない」

「ですがっ！　……わたしの中に子種を放たれたのも一度きりです。交合を途中でおやめになるし、会話も続かない……目すら、逸らして、合わせてくれないというのに」

トニアは言い返す。

不満を言ったら嫌われると思っていた。嫌われたくなくて、遠慮していたのだ。

その態度を、怖がっているとヘラルドが捉えていたと知り、トニアは苛立ち、今まで言えなかった想いを口にした。

「初夜のとき、わたしが上手くできなかったから……役立たずな妻だと、目障りに感じられたのでしょう」

「そのようなことあるわけがない！」

ヘラルドは鋭い目で睨み、声を荒らげた。トニアは硬直する。

こんな風に怒鳴られたのは初めての経験で、驚いてしまう。トニアの目からぽろりと涙が零れ、頬に伝った。

「す、すまない……っ。泣くな。泣かないでくれ」

いつになく慌てた様子でヘラルドが言う。

「違うのだ……交合を控えめにしたのは、あなたがあまりにも辛そうだったからだ。政略で仕方なく嫁いだあなたを傷つけたくなかった」

「わたしはっ……あなたとの結婚を不幸だと思っていないと、最初にお会いしたときに言いました」

「だが命じられて婚姻したのには変わりがない……いや、言い訳だ。どう接すればよいのかわからなかったのだ。あなたがとても、あまりにも愛らしかったから、怖がらせて嫌われたくなかった。よい年をして……臆病になっていたのだ」

「……愛らしい……」

トニアは目をぱちくりして、ヘラルドを見る。

「そのような愛らしい顔で見られると……動揺してしまう。だから、直視できず、目を逸らしてしまっていた」

　想像もしていなかった返答に、涙は止まり、頬に熱が集まった。

「わたしのことを……目障りに感じられていたわけではないのですね」

「目障りに思ったことなど一度としてない。それどころか……私は羨ましかったのだ。記憶を失っていたときの私に嫉妬していた。あんな風に、あなたと親しくしたいと……だから記憶が戻ったことを言い出せなかった。再びよそよそしい仲になるのが、嫌だったのだ。情けないな」

　肩を落とし、ヘラルドが訥々と言う。眉間に皺が寄っていて、渋く顔を歪めている。

　年上で、国の英雄で、強面の将軍で。その容貌と同じく、情けなさなどカケラもない心根も逞しい男性なのだと思っていた。けれど彼も、トニアと同じ、一人の人間なのだ。

「わたしも……ヘラルド様が災難に遭われたというのに……以前のような素っ気ない態度ではなく……あなたが甘えてくださることに、喜びを感じていました」

「トニア……」

「ヘラルド様はわたしにとって、英雄なのです。あなたの妻になれることが、嬉しかったのです」

　トニアは八年前の出来事をヘラルドに話した。

「そういえば……そのようなことがあった……あのときの少女は、あなただったのだな」

ずっと憧れていたのだ。少女の頃、救ってもらい感謝した。彼が兵士だと知り、こっそりと兵舎に見にいったこともあった。

英雄と呼ばれるようになってからは、多くの民と同じく、彼を称え、そして降嫁の話を聞き、喜んだ。憧れていた彼と結婚し、妻になることが、なれたことが嬉しかった。

だから——妻としての役目を上手くこなせない自分や、いつまで経っても縮まらない距離がもどかしかった。素っ気ない態度を取られるたびに傷ついていた。

「あのときは泣いてしまいお礼も言えなかったけれど……救っていただき、ありがとうございました」

「礼など……当たり前のことをしたまでだ」

兵士だから自国の民を助けることは当然なのかもしれない。けれど相手は刃物を振り回していた。自身が傷つくことも厭わない勇敢さは、誰もが持っているわけではない。

「トニア……結婚してから今までの態度をどうか許して欲しい。そして、許してくれるならば、もう一度、はじめからやり直したい」

トニアは彼の言葉に頷きかけて、「いいえ」と首を横に振った。

「わたしも、もっと早くにあなたに想いを伝えるべきでした。あなただけが悪いわけではないのです。だから……はじめからやり直すのではなくて、今、ここからお互いに謝罪をして、許し合い、それから新たに始めましょう」

何もなかった頃からやり直すのではなく、互いに反省をした状態から新たに始めたかった。

ヘラルドは「そうだな」と呟き、ハッと何かを思い出したかのように言葉を続ける。

「執務室の花瓶の花は、いつもあなたが選び、飾ってくれていたと聞いた」

「……気づいておられたのですか？」

「もちろんだ。礼を言おうと思っていたのだが……このような形で花に癒やされているのが何やら恥ずかしくて、言い出せなかった。ありがとう」

ヘラルドは目を細め、唇を緩めた。それはトニアが初めて見る彼の表情だった。すぐにいつもと同じ厳めしい顔に戻ったけれど、彼は安堵したような、穏やかで、優しい微笑みを浮かべていた。


その夜。トニアは夫婦の寝室の寝台の上にいた。

十歳のヘラルドとは、トニアの自室で共寝をしていたので、ここを使うのは二か月ぶりであった。

少しして、ヘラルドが訪れる。

寝台に上ってきた彼は湯上がりなのだろう、髪が湿っていた。

「いいか……？」

低い声で訊ねられ、トニアは頷く。頬に大きな掌が添えられるのと同時に近づいてきた唇が、唇に触れた。

口づけは初めてではなかった。けれど、初めてのときと同じくらい緊張していた。唇を重ねながら、ヘラルドはトニアの身体を抱き上げ、自身の膝の上に乗せる。彼の顔を見下げる格好になり、トニアは込み上げてくる情動のまま、指を小麦色の髪に絡めた。

分厚い舌がトニアの唇の合間から割って入る。唾液が滴るのを恥ずかしく思いながらも、トニアは濃厚な口づけに酔った。

大きく硬い掌がトニアの胸元を覆い、ナイトドレスの薄い布越しに乳房を揉まれた。トニアはびくりと震え、彼の肩を摑む。

肩紐をずらし、乳房を露わにさせたヘラルドは、顔をそこに寄せ、ぷっくりと尖った先端を口に含んだ。そして、ちゅくちゅくとまるで赤子のように、それを吸い始めた。

「ヘラルド様っ……んん」

愛撫をされたことはあったが、今までは掌や指で撫でられるだけだった。こんな風に口で吸われるのは初めてで、トニアは擽ったいような刺激に、肩を竦め身を捩らせた。

「だめ……ヘラルド様……っ」

「……いやか？」

「いやでは……ないです。何だか……恥ずかしくて」

「恥ずかしいだけならば我慢してくれ。ずっと、あなたにこうしたかったのだ」

ヘラルドはそう言うと、もう一方の乳房をふにりと摑み、口を寄せる。

何も出ないというのに、ちゅっ、ちゅっと吸いついてくる。

胸への甘い刺激、そして身じろぐたびに、尻や腰に触れる硬い感触に、頭の奥がじんと痺れ、下腹部が甘く疼いた。

彼のものを触ったときの太さや長さ、吐き出された白濁のぬめり具合や匂いを思い出す。

「っ……ごめんなさい……ヘラルド様」

「どうした？　やはり嫌なのか」

トニアが謝罪を口にすると、胸から顔を上げ、ヘラルドが問う。

「いいえ……十歳の記憶しかないあなたに、いろいろなことをしてしまいました。そのことを謝っていませんでしたから」

彼の記憶がないのをよいことに、性的な触れ合いをしてしまった。一度だけならともかく、何度もだ。今さらながら、浅ましい自身が恥ずかしく、申し訳なくなった。

「いろいろさせてしまったのは、私のほうだろう」

「ヘラルド様は十歳の子どもでしたのに」

「……懸命に私の世話をしてくれたあなたは、とても可愛らしかった」

ヘラルドはそう言うと再びトニアの胸に顔を埋めた。

「あっ……」

甘えるように乳房に顔を擦りつけると、再び乳首を口に含み、優しく吸い始める。

英雄と呼ばれるようになっても、両親を早くに亡くしたヘラルドの心の傷は消えずにいた。誰かに世話をされ、甘えたかったのかもしれない。

(癒やして差し上げたい……)

もう十歳の子どもではないけれど、記憶を取り戻した今の彼も、トニアは甘やかし、癒やしたいと思った。

強く逞しい英雄としてのヘラルドも好きだけれど、人参が嫌いで嵐の夜を怖がるヘラルドも愛おしい。

「いつでも、懸命にお世話しますから。だから……わたしに甘えてください」

「トニアっ……」

彼の髪を撫でながら言うと、ヘラルドは嘆息するように名を呼び、トニアの腰をかき抱いた。

ヘラルドの十四歳年下の妻は小柄だった。

大柄なヘラルドからしてみれば、たいていの女性はとても小さいのだが、そんな中でも彼女は、少しでも力を入れてしまえば壊れてしまいそうなほど華奢だった。

だからいつも彼女の身体を潰してしまわぬため、後背位で交わっていたのだ。

だというのに――。

『ヘラルド様の顔を見ていたい』

恥じらいながら口にしたトニアに、ヘラルドは思わず『こちらの気も知らずに！』と、文句を言いたくなった。

しかし、顔を見ていたいのはヘラルドとて同じだった。

潰さないため、彼女を上に乗せ、交わることにした。

「あっ……はっ……んん」

「……っ、トニア……やめるか？」

「やめっ……ません」

己の身体の上にいるトニアを見上げ問うと、彼女は首を横に振った。

無理はさせたくなかったが、必死にヘラルドを受け入れようとしてくれている妻の気持ちが嬉しかった。

「あと少しだ……ゆっくり、するから……」

細い腰を支え、妻のしっとりと潤った蜜壺を、そそり勃った剛直の上に下ろしていく。

時間をかけて指でほぐしたおかげか、トニアの蜜壺は今まで何度か交わったときよりも、柔らかくなっていた。先端部こそ挿入しづらかったが、そこが通ればずぷずぷとうねりながらヘラルドを受け入れていった。

彼女の小柄な身体では、全ては入りきらないが、剛直を懸命に咥え込み、ぎゅうぎゅうと締めつけてくる彼女が愛おしい。

「……う、動かれないのですか……？」

荒い息を漏らしていたトニアが、顔を真っ赤にさせ訊ねてくる。

「辛いだろう？」

「今夜はきちんと、最後までして欲しいのです……どうか……ヘラルド様」

縋るように白い指で胸を撫でられ、ヘラルドの腰に力がこもる。

動くまでもなく……欲望を吐き出してしまいそうになった。

彼女のためには早く終わらせたほうがよいのだろうが、もう少しだけ彼女の甘やかな身体を堪能したかった。

ヘラルドは彼女の腰を持ち上げ固定すると、ゆっくりと下から突き上げる。

「あっ、んっ」

突き上げるたび、トニアは乳房を揺らしながら、甘い声を漏らす。

苦しくはあるのだろうが……決して痛みだけでないことは、彼女の表情から窺い知れた。

そして表情だけでなく彼女の蜜壺も、今までとは違う反応を見せていた。

キツいだけだった過去の交合とは違い、うねうねと射精を促すように絡みついてくる。

（もっと早くに……こうしていればよかった……）

トニアを苦しめたくない。彼女のためにと、愛撫すらおざなりで、性交を早めに終わらせていた。その行為こそが、何よりも彼女を傷つけていたとも気づかずに。

こんな愚かな自分に愛想を尽かさず、新たに始めようと言ってくれた妻を大切にしようと心に誓う。

王命が下り、自身に降嫁する第五王女トニアと顔を合わせたとき、ヘラルドは彼女に対し申し訳なさを感じた。

聞いていた年齢よりも、トニアが幼く見えたからだ。

長い黒髪に、大きな黒い瞳。白く滑らかな肌。可憐な外見の王女には、自分のような無骨者ではなく、煌びやかな紳士のほうがお似合いだろうと思った。

王命に逆らえないのはヘラルドだけでなく、彼女も同じであろう。

己に嫁ぐ彼女を哀れんでいたのだが——。

『閣下は、わたしにとっても英雄です。……どうか、わたしをあなたの妻にしてください』

真っ直ぐな曇りのない双眸でそう言われ、ヘラルドは落ち着かなくなった。

十四歳も年下の女性に見蕩れてしまったのだ。

そして結婚してからも、ずっと彼女に目を奪われていた。

トニアは見かけこそ幼いものの、しっかりとした性格をしていた。

王女としての気品は持ちながらも、横柄さはなく、使用人たちに対しても威張ったりせず、穏やかだ。

奥ゆかしいその姿に急速に惹かれていったのだが、そういう自分に戸惑ってもいた。

今まで、その場限りの人間関係しか作ってこなかった。誰かを愛し、大切にするという感情を抱いたことがなかった。

妻を愛おしく思えば思うほど、嫌われたくないと怯えるようになる。そのあげく、思春期の少年のごとく、彼女に素っ気なくしてしまった。

「……あっ、ああっ」

「くっ……」

何度目かの突き上げで、トニアの内部がきゅうっとキツくヘラルドを締め上げた。

その刺激に耐えきれず、ヘラルドは彼女の温かな奥に白濁を放った。

——お姉様……っ。

思わずそう呼びかけてしまいそうになるのを、ヘラルドは唇を嚙み堪えた。

ヘラルドは記憶を取り戻してからというもの、毎夜『お姉様』との思い出を回想しながら、己の手で処理をしていた。

自分にこんな性癖があったのかと、衝撃を受けていたのだが。

（きっと、甘えたかったのだ……ずっと……）

子ども時代のヘラルドは、年齢よりも頼りなく、気弱だった。そんなヘラルドが両親を一度に失ったのだ。周りは心配をし、哀れんだ。

ヘラルドは亡くなった両親の恥にならぬよう、強くなろうと思い始め、ロウネにすら泣き言を言わなくなっていった。

『わたしに甘えてください』

そう言われ心が満たされた。英雄と称えられ、敵兵だけでなく部下からも恐れられていたけれど。きっと……ずっと寂しくて、甘えたかったのだ。

「ヘラルド様……」

息を落ち着かせたトニアが微笑みながら、ヘラルドに手を伸ばし、髪に触れてくる。

――お姉様の細い指が自身の昂ぶりに触れるのを想像すると、再び熱がこもってしまうのも事実なので、性癖などないと言い切れないのだけれども……。

「愛している、トニア」

ヘラルドは欲望を隠し、年上の夫らしく愛を告げ、彼女のふっくらした唇を求めた。

ひと月後。

伯爵家に戻ってきたロウネは、ふたつのことに驚いた。

ヘラルドの記憶が戻っていたのは聞いていたのだが、記憶を失う前よそよそしかった夫婦が、すっかり仲睦まじくなっていたのである。

使用人たちもあまりのいちゃいちゃぶりを、生温かい目で見守っていた。

そしてもうひとつ。

玄関を入ってすぐの壁に、トニアの勧めで一枚の絵画が飾られていた。

物置部屋に置かれっぱなしになっていた、ヘラルドと彼の両親の肖像画であった。

いつかその横には、ヘラルドと彼の愛妻、そして子どもたちの絵が飾られることだろう。

雪花と月凜
石田 累 イラスト／史歩

遠い昔の物語である。

「今宵が最後の夜だというのに、呆れるくらいそなたはいつも通りだな」

実際呆れたように言う夫を、庭で槍を振っていた央雪花は、手を止めて振り仰いだ。

「さっきから何を大げさに言っておる。たかだか家移りするだけではないか」

そう返す妻を、弧月凜はますます呆れを滲ませた目で見遣る。

「そなたにはそうでも私には違う。辺境の地に移封（領地替え）を命じられ、長年住み慣れた邸第を離れることになったのだ。邸第で過ごす最後の夜だ。こんな夜くらい、静かに酒を酌み交わそうとは思わぬのか」

「……だったら、宴の席に行けばよいではないか」

眉を寄せ、不思議そうに雪花は言った。二人がいる桃園には、先ほどから笛や琴の音色が軽やかに響いている。この邸第での最後の夜を惜しみ、家人たちが宴を催しているのだ。

「皆が旦那様を待っている。最後最後と言うなら、顔くらい出してやったらどうだ」

「央雪花、私は静かに飲みたいと言ったのだ。しかもそなたと二人でだ」

「悪いが、私は夜の鍛錬を欠かしたことがない。一通り形を終えねば、眠れぬのだ」

「そうであっても、今夜くらい――」

夫の言葉を遮るように、雪花は勢いよく槍を振り上げ、三日月のかかる夜を突いた。

「私も私で、大切な任務を控えているのだ。よく励み、大事に備えておかねばならぬ！」

そこで、ため息をついた月凜は、盃を置いて立ち上がった。

夫の月凜は二十三歳。妻の雪花は十九歳。世間からは、妻の身長が遙かに高いと思われている夫婦だが、こうして立ち並ぶと夫の方が二寸（六センチ）近く背が高い。

白銀の甲冑に身を包み、今にも戦場に駆け去らんばかりの剣幕で槍を振るう妻を、月凜は呆れと諦めを交ぜた目で見下ろした。

「もうよいわ。言い合うだけ無駄のような気がしてきた。酒はいいが、鍛錬とやらが終わったら部屋に来いよ。昨夜の勝負がまだついておらぬ」

「……ああ、碁か」

呟いた雪花の槍が、ひゅっと鋭く空を切る。

「それなら私の負けでよいから、なしにしないか。今宵は私も気が荒ぶっておる。とてもそのような気にはなれぬのだ」

むっと花顔を歪めた月凜は、舞い散る花弁をその身に纏わせ、女のように嫋やかな手で翡翠色の扇子を打ち振った。女のよう――というより、女そのもの。

切れ長の目に玉の肌、すうっと通った繊細な鼻に、珊瑚色の唇。美男で知られた先帝、弧玄の遺児で、かつて稜国一の芸妓と謳われた女を母親に持つ月凜である。ただ立っているだけでも、灯籠に照らし出された桃花が霞むほどに美しい。

「央雪花、そなたは夫というものをなんと心得ておる。夫の私が気が塞がっていると言っておるのだ。こういう時は何があろうと夫を優先するものではないか」

「私は妻である前に軍人だ。旦那様より命令を優先するのは当然ではないか」

「では聞くが、今命令が出ているのか？　そなたの任務は三日後で、明日私は、そなた一人残して都を発つのだ。何を優先すべきかよく考えてみろ。私か、それとも槍なのか」

　二人の傍らでは、三人の侍女が懸命に笑いを噛み殺している。この邸第ではいつもの光景だが、子供のように言い合う二人――というより、子供のように駄々を捏ねる月凜と、その月凜の男心が一向に分からぬ雪花とのやりとりが可笑しいのだ。

「旦那様、そのような我が儘を仰られては奥方様がお気の毒というものです」

「そうですよ。奥方様は、帝より大切なお役目を仰せつかったのです。我が家にとっても名誉なことではございませんか」

　姦しくいい募る三人をうとましげに振り返ると、「分かった、分かった」と月凜は扇子を振って追いやった。

「もうよいわ。雪花、胡に行くのなら、いっそのこと凶王の首でも取ってまいれ。そうすれば面倒な和睦のために、一月も費やす必要もないだろう」

「それもよいな。旦那様の名誉を貶めた凶王を、妻の私が成敗してやるか」

「……呆れたやつめ。私の皮肉も通じぬのか」

　優しく苦笑して首を振ると、月凜は瑠璃藍の長袍を優雅に翻した。

「待っておるからな」

美しい後ろ姿が桃園の向こうに消えると、さっそく侍女たちが駆け寄ってきた。

「奥方様、気になさることはございませんよ」

「旦那様は、奥方様と一月も離れるのがお寂しくて、拗ねているだけなんです」

「分かっておる」

涼しげに微笑む女主人に、侍女三人は、年も身分も忘れてほうっと見とれた。それもそのはず、前年『南央山の英雄』として名を馳せた央雪花は、その一時、都中の女性の心を虜にした稜国一の好漢だったのだ。

黒目のくっきりとした涼しげな双眸に凜々しい眉。今も甲冑に身を包み槍を構えるその姿は、絵巻物に出てくる見目麗しい英雄のようだ。

「寂しがりなお方だから、住み慣れた都を離れる心細さもあるのだろう。私の任務と移封が重なって、申し訳ないとは思っているのだが」

明日、月凜は家人を引き連れて稜の北にある西梁に向けて出立する。西梁の地を新たに拝領し、西梁公として封じられたためだ。

しかし雪花は、その移封の旅に同行できない。皇帝直属の禁軍の将でもある雪花は、三日後に勅命を得て、隣国、胡に向けて出立することになっている。長年戦を続けている胡との和睦が決まったため、帝からの贈答品を届ける役目を命じられたのだ。

「西梁は寂しい土地ゆえ、旦那様も余計に気が滅入っているのだろう。私が留守にしている間、そなたらが碁を覚えて旦那様を楽しませてやってくれ」

そこで三人の侍女が物言いたげな目を見合わせたのは、山育ちで、俗世の仕組みを殆ど理解していない女主人が、男女の営みというものを、果たして本当に知っているのかどうか常々疑問に思っていたからだ。

これは公然の秘密であり、巷では知らぬ者がおらぬほど有名な話なのだが、月凜には種がない。幼い頃に患った病で人道（男根）の機能を失ってしまったためだ。

いくつになっても髭が生えず、立ち居振る舞いの全てが艶めかしい月凜は、そのような定めの者が当然辿るべく、龍陽（男性同性愛者）として数多の高官や芸術家に愛されてきた。

芸妓だった母の才を受け継いだのか、特に舞の才に長じ、その舞姿を見た者は魂を抜かれるとまで囁かれたほどだ。

そんな風に様々な貴族と浮名を流しつつ、優雅に遊び暮らしていた月凜であったが、今から一年前に、勅命によって『南央山の英雄』央雪花を娶ることとなった。

そこには様々な思惑があったのだが、いくら月凜が女そのものの見た目といえ——一方で雪花が男以上に男らしいとはいえ——現実として同衾しようもない夫婦である。

誰が見ても不幸としか思えぬ縁組みだったが、水と油のようなこの夫婦は、不思議と仲睦まじい。しかも明らかに、夫の月凜が、男か女か分からない無邪気な妻に執着している。

もしや寝所でも、男女の役目がひっくり返っているのではないか――？

そんな妖しい興味に駆られて侍女たちが覗いた寝所からは、連日遅い時間まで、パチパチと石を打つ音しか聞こえない。そこでこのような疑問が新たに生まれた。

普通の女なら新婚の夫と毎晩碁を打つなど、まず耐えられはしないだろう。しかし万事に初心で、こと男女のことに関しては全く無知な雪花である。よもや碁を打つのを男女の営みと勘違いし、満足されているのではないか――？

「明日は何かと大変だろうから、お前たちも早く休むといい。それと、西梁ではくれぐれも用心するように。あの辺りは遊牧民の襲撃も多く、治安の悪い土地だからな」

「分かっております。けれど、すぐに雪花様が来られるのでしょう？」

「なにしろ雪花様は仙界の者がおわすという仙郷のお方、私たち、なんの心配もしておりません」

楽しげに笑い合った侍女たちが、桃花の舞い散る桃園の向こうに消えていく。

一人になった雪花は、舞い上がる花弁を追うようにして顔を上げた。

宴が終わったのか、いつの間にか笛や琴の音色が聞こえなくなっている。静まりかえった春の夜空には、霞がかったような上弦の月が輝いていた。その月を見上げる雪花の頬に、涙が幾筋も滑り落ちているのを知っているのは、今が盛りの桃花だけだ。

「雪花様、お呼びでしょうか」

背後から可愛らしい声がしたので、雪花は急いで涙を払った。

月凜の身の回りの世話を任されている小姓で、まだ十歳にも満たない童である。

この邸第には幼い子供が何人も雇われており、巷では月凜の寵童だと噂されているが、そうではない。妓楼に売られてきた子を、月凜が引き取って面倒を見ているのだ。

「西梁に着いたら、これを旦那様に渡してくれないか」

屈み込んだ雪花が用意していた封書を差し出すと、童は無邪気に頷いて受け取った。

「大切なお役目のことが書いてある。必ず西梁に到着した時にお渡しするように」

「はい、承知つかまつりました」

素直に返事をする童の頭を、雪花は微笑んでそっと撫でた。

「──お前、剣の鍛錬はしておるのか？」

「はい、雪花様のお教えの通りに」

「そうか。しっかり励んで、早く旦那様を守れるようになるのだぞ。いずれ分かるだろうが、西梁への移封は、旦那様にとってとても大切な意味を持っているのだ」

不思議そうに瞬きする童を下がらせると、雪花は再び槍を振り始めた。

月凜が西梁に着くのが三日後か、四日後か──夫が封書の中身を離縁状だと知った頃、雪花はもう稜にはいない。そして二度と戻ってくることはできないのだ。

✢✢✢✢✢✢✢

稜は、中大陸の東南に位置する。砂漠で東西に隔たれた中大陸の、東側ほぼ全域を統治する大国である。

その稜で、女性で初めて禁軍将軍に任命された央雪花の生い立ちについては、後年のどの史書を見ても、曖昧にしか書かれていない。

ただし出自だけははっきりとしている。父は稜の尚書令（宰相）だった央烈山。今から十七年前に起きた『錦宗の乱』で、当時の帝――つまり月凜の父、弧玄と共に殺された。大将軍錦宗が玉座を簒奪せんと起こした、稜国最大の謀反劇である。

（お前たちはいったん稜から逃げなさい。そしていつか、必ずお父様の仇をとるように）

母親は、末子の雪花を含め、三人の子供たちにそう言い残して自害した。

その時、長兄は十歳、二兄は七歳、末娘の雪花は二歳である。

わずかな手勢に守られて都を落ちた三人兄妹だったが、その消息はようとして知れず、都では、弧玄の弟弧吏が錦宗を倒し、即位して帝を名乗るようになった。

――が、『錦宗の乱』には裏があった。錦宗の部下が白状したことで詳らかになったのだが、錦宗と内通し、謀反をそそのかしていた人物がいたのだ。

それが胡の王、羅漢。残忍非道な性格から《凶王》とも呼ばれている男である。

つまり錦宗の乱とは、稜の統治下にあることを不満に思っていた凶王が、稜の弱体化を狙って起こした乱であったのだ。

その凶王率いる胡軍が稜に侵攻を始めたのは、錦宗の乱後、一年も経たない頃である。黒河(こうが)沿いの稜領を占拠した凶王は、そこに砦を築き、少しずつ勢力を強めていく。しかし、その最中にあっても稜の新帝が熱中したのは、自らの権力を強めること――兄である先帝に縁のある高官や武将を処刑・追放することであった。

先帝の五人の息子の内、長兄と二兄は十五歳と十三歳になっていたが、長兄は激戦地に送られて戦死、二兄は胡と内通した罪に問われて処刑された。

朝廷では汚職と賄賂が蔓延し、帝にすり寄る者たちだけが官位を得た。逆らう者は、遊牧民族の襲撃が絶えない北の辺境地に追いやられ、そこで次々と死んでいった。

大国だった稜が、そうやって衰退していくのに比例するかのように、それまで稜の統治下で平穏が保たれていた近隣諸国までもが、領土を巡って争いを始めた。

もはや稜の統治はあってなきがごとし。大陸の東南全域に戦禍が広がり、内からも外からも崩れつつある稜に、今から二年前、ついに胡が総攻撃を仕掛けてきたのである。

錦宗の乱から十五年。すでに胡の軍力は、稜を凌ぐほど大きくなっていた。

追いつめられた帝は、先帝の正妃の甥である涼舜(りょうしゅん)を大将軍に任じ、黒河に向けて出陣させた。二十三歳。その若さで軍の最高位に就いたのは、それだけ稜に人材がいなかったためである。

　形勢は、初め稜軍優位だったが、凶王自ら出陣するや否やたちまち胡軍が勢いを増した。やがて稜軍は総崩れとなり、敗走した涼舜率いる五千の稜軍は、南央山の麓に追いつめられた。取り囲むのは二万の胡軍、まさに絶体絶命の状況である。

　そこに、百の騎兵を率いた央雪花が南央山を駆け下りてきたのである。


「我こそは、亡き央烈山の遺児、央雪花なり！」

　稜軍を取り巻く胡軍二万、その中で声高らかに言い放った央雪花は、白銀の兜（かぶと）と甲冑に身を包み、雪よりも白い馬にまたがっていた。

　引き連れているのは白の道服に黒の甲冑を着けた道士らで、彼らは一気に南央山を駆け下りると、二万の胡軍の中に飛び込んだ。

　雪白の馬に白銀の兜。蟻のように群がる胡軍を、身の丈の二倍ほどの尺がある戟（げき）でなぎ払う雪花の姿は、まさに鬼神がごとくであった。白衣の道士らにしてもそれは同じで、長大な槍や戟を自在に扱う様は、とても人間業とは思えない。

「矢を放て！　あの者どもを射殺すのだ！」

　しかも、凶王の号令で放たれた数百の矢は、風に煽られたように左右に逸れる。まるで彼らが、見えない覆いで守られているかのようだ。

恐れおののいた胡軍は総崩れとなり、みるみる敗走して散っていく。

天意としか思えぬこの展開に、敵も味方もただただ呆気にとられるのみであった。

「あの者は本当に、央烈山の忘れ形見か」

「烈山には二人の息子がいたはずだ。あれは長兄か、それとも二兄か」

十五年も前に途絶えた一族の子の名など、誰も記憶してはいなかった。いわんや末子の雪花のことなどなおさらだ。とはいえ、一体誰が血飛沫と脳漿を浴びながら戦う白銀の騎士を女だと思うだろうか。

やがて戦場では、このような噂が広がり始めた。

「あれは人ではない。三神山に住む道士だ」

「まさに天意。三神山の神々が稜をお助けくださるために、あの者たちを遣わせたのだ」

三神山とは、蓬萊、瀛洲、方丈のいわゆる天界に属する幻の山である。不老不死の仙人がいると言い伝えられる仙郷の地で、稜以前の古の王が血眼になって探し求めたとも言われている。

そこに仕える道士はいわば仙人の弟子で、百騎といえど彼らが味方につけば勝ったも同然であった。

胡の全軍が敗走した後、勝利に沸き立つ戦場は、雪花を讃える声で溢れかえった。すぐさま雪花のもとに駆けよった涼舜は、馬を下りて膝をつき、感涙に頬を濡らして懇願した。

「央殿、何卒ご家来共々わが主のもとまでご一緒願いたい。仙郷の道士が味方についたとあらば帝もどれだけ喜ばれようか。きっと央家の再興もお聞き入れになるであろう」

戦の直後、馬上の雪花は血濡れた兜を脱ぐ暇もないままだった。

しかし、軽やかに地面に降り立った雪花の全身を見た時、涼舜は思わず眉をひそめた。すんなりとしたその姿が、せいぜい十六、七の少年にしか見えなかったからだ。

「……失礼だが央殿は、央烈山殿の、何番目のご子息に当たられるのか」

「末子である。名は雪花。家を継ぐべき兄は二人共亡くなった」

あっとその場に居合わせた全員が言葉をのんだ。そこで初めて取り払われた兜の下から、艶やかな黒髪と、まだあどけない童顔が現れる。黒々とした瞳と白い肌。あれほどの大殺戮をしたのが嘘のような、太陽のように明るい美貌であった。

「お言葉はありがたいが、私はとうに俗世を捨てた身。こたびのことは、先帝をお守りできなかった父の無念を晴らさんがための、生涯一度きりの私の我が儘」

その時、道士の騎馬が一斉に移動を始めたので、涼舜は慌てて立ち上がった。

「央殿、いずれにせよ、ご恩に報わねば我が主の顔が立たぬ。配下の者たちと一緒に、朝堂に参内してはいただけぬか」

央雪花が何者であっても、この戦の英雄であることに違いはない。しかも劣勢の稜軍においては、喉から手が出るほど欲しい仙郷の道士を連れている。

大将軍の内心を察したのか、周囲の配下たちが一斉に刀の柄に手をかける。

その刹那、雪花はどこか寂しげな表情を見せたが、それでも駆け去って行く道士を静かな目で見送っているのは、この事態を初めから予測していたからなのか。——

「涼舜殿、あの者どもは私の家来ではない。師父(しふ)からの借り物なのだ」

「……師父？」

「悪いがその名は殺されても言えぬ。そして私は、二度と師父のもとには戻れぬだろう。

——刀を収められよ、涼舜殿。私一人ならどこへでも行こう」

✣✣✣✣✣✣

雪花が閨房の扉を開けると、中には夫以外の男がいた。衝立に囲まれた牀榻(ベッド)の前で、身なりの美しい隆々たる武将が月凜と向かい合うようにして、立っている。

「わっ、失礼——」

このようなことは初めてではなく、雪花は慌てて扉を閉めようとした。夫に同性の恋人が多数いることは、結婚前から聞いて知っているし、その内何人かとはこの閨房で鉢合わせになったこともある。まさか、それが今夜だとは思わなかったが。

「央殿、待て、誤解だ」

慌てたような声に、雪花は「ん?」と眉を寄せた。どこかで耳にしたことのある声だ。

顔を上げると、夫の恋人だとばかり思っていた男がこちらを見ている。凜々しい眉、顎にも頬にも髭をたくわえているが、その澄んだ双眸には見覚えがある。

「──、涼舜殿か?」

「久しいな、央殿。息災そうでなによりだ」

およそ一年ぶりに姿を見る懐かしい人の姿に、雪花は目を輝かせた。二年前、南央山で共に戦った、かつての大将軍、涼舜である。

「一体どうされた。今は北方洲(ほくほうしゅう)の刺史(しし)(行政長官)になられたと聞いているが」

「遊牧民の侵攻が収まったのでそれを帝にご報告に伺ったのだ。明日、月凜様が西梁に発たれると聞き、ついでにご挨拶に伺った……次第だ」

そこで言葉をつまらせて目を逸らすと、涼舜は戸惑ったように一歩後ろに引いた。

あ、と足を止めた雪花は自らの衣服に視線を向ける。

「そうか。涼舜殿の前で女の成りをするのは初めてだったな。これは旦那様からもらった衣装で、夜に碁を打つ時の──」

「雪花」

咳払いをした月凜が、純白の襦裙(じゅくん)をまとった妻の腕を引いて、自分の方に引き寄せた。

「余計なことを言わずともいい。──涼舜、今宵はわざわざ来てもらって悪かったな」

「いえ……、ただ、ご挨拶のついでに伺うような話ではございませぬでしたな」

涼舜は苦く言い、取り繕ったような笑顔を、傍らの雪花に向けた。

「央殿、月凜様と共に西梁に行かれないというのは、まことの話か」

「ああ、うん。聞かなかったか？　三日後に私は、和睦の使者として胡に発つことになったのだ。そこで諸々の行事があるので、西梁に向かうのは一月ほど後になる」

「そうか。和睦の噂は耳にしていたが、その特使が央殿とは知らなかった。……あまりに長く続いた胡との戦が、これで終わりにできるなら何よりだが」

どこか暗い目でそう言うと、月凜に向き直った涼舜は、穏やかに別れの挨拶を述べた。応じる月凜の態度も、普段と変わりないものだったから、雪花はほっと緊張を解く。

ご挨拶のついでに伺うような話ではございませぬでしたな――。涼舜の言葉が密談めいて聞こえたので、内心ずっと緊張していたのだ。

しかし一度は辞去しかけた涼舜は、数歩踏み出した後に、思いつめた目で振り返った。

「月凜様、ご承知でしょうが、北方では多くの者が月凜様を待っています」

「むろん、重々心得ておる」

「こたびの移封はまたとない好機。そのように思うのは私だけではありますまい」

これこそ、揃って首が飛びかねないほど危険な匂いを放つ密談である。

月凜が先帝の遺児ならば、涼舜は先帝の正妃の甥に当たる。二人はいわば、先帝に縁があったが故に冷遇されている者たちの象徴だ。

明日月凜が向かう西梁には、勅命によって北方に飛ばされた者たちの不満が渦巻いている。彼らが御輿に担ぎたいのが先帝の血を引く月凜で、ゆえにこの移封は、千載一遇の好機なのである。

二人がなおも話を続けるようだったので、雪花は少し離れた場所にある椅子に腰かけ、卓上の桜桃酒を盃に注いだ。

月凜も涼舜も、雪花に聞かれても問題ないと思っているのだろうが、今は雪花の方が迂闊な話を耳にしたくない。知らなければ――いかに責められようと話すこともないからだ。

甘く香る盃を傾けながら、雪花は肘をつき、囁き合う男二人を上目遣いに見上げた。

なにしろ稜一の英雄好漢と名高い涼舜と、同じく稜一の美女と評判の月凜である。声を交わし合っているだけで、絵巻物のように美しい。

――なにやら私が邪魔者のような気がしてきたな。まさか涼舜殿が、旦那様の恋人だとは思わないが……。

「央殿は、変わらぬな」

ふとこちらに目を向けた涼舜が、白い歯を見せて微笑した。

「ん?　どういう意味だ?」

「言葉通りの意味だ。央殿のことはずっと心の棘であったが、幸せそうで、何よりだ」

どこか寂しげにそう言うと、涼舜は折り目正しく一礼し、今度こそためらうことなく出て行った。

せめて外まで見送ろうと、急いで雪花は立ち上がる。しかし扉の手前で、背後から月凜に腕を掴まれた。

「どこへ行く。お前、そんな格好で涼舜と二人になるつもりか」

「服など何でも構わぬだろう。すぐ戻る。私も久々に涼舜殿と話がしたいのだ」

いきなり腕を引かれ、よろめいた雪花は、そのまま壁と月凜の間に挟み込まれた。

むっと眉根を寄せ、自分よりやや上背のある夫の美しい顔を仰ぎ見る。

「よもやと思うが、私が来なければ、涼舜殿と碁を打っていたのではあるまいな」

軽い皮肉のつもりだったが、何故だか月凜の眉がひくりと動いた。

「なるほど。お前が来なければ、そうしてもよかったな」

「……？　何を怒っておるのだ。私が邪魔なら、さっさと外に出て行ったものを」

目を閉じた月凜が小さなため息をつく。次の瞬間ふわりと抱き上げられ、雪花はびっくりして、月凜の首に両腕を回してしがみついた。

「何度言えば分かる。俺が碁を打つ相手はお前だけだと言っただろうが」

この光景を侍女たちが見れば、目を疑ったに違いない。女よりも嫋やかな四肢を持つ月凜が、女とはいえ南央山の英雄でもある雪花を軽々と抱きかかえているのだから。

月凜は、彼を知る者なら誰もが驚くほど乱暴な所作で天蓋の覆いをはね除けると、雪花を抱いたままで牀榻の中に入った。

絹の布団に焚きしめられた香と、肌から立ち上る夫の香り。雪花は目を閉じ、その胸に額を預ける。暗い帳の中にこうして二人で閉じ込められると、いつものことだが、不安なのか心地よいのか分からなくなる。それはこの年になるまで——月凜の妻になるまで、全く知らなかった感情だ。

膝に乗せた雪花を抱き締めると、月凜は少し怒った口調で囁いた。

「お前こそ、内心では、涼舜に嫁げばよかったと思っているのではないだろうな」

「……、まだその話を蒸し返すか。何度も説明したがあれは涼舜殿の方便だ」

「どうだかな。今の涼舜を見てまた疑わしくなってきた」

「しつこいぞ、涼舜殿はそのような方では」

反論しようとした唇を荒々しく塞がれる。

ん、と喉の奥で小さな声を上げた雪花は、たちまち甘い熱にのみ込まれそうになって頬を赤らめた。なおも口づけを続けようとする月凜を、ドギマギしながら押し戻す。

「……ご、碁は、打たなくてもよいのか」

「今宵は、その時間さえ惜しいわ」

✣✣✣✣✣✣✣

――遡ること二年前、胡の凶王を敗走させ、南央山から凱旋した大将軍涼舜と央雪花は、稜の都で知らぬ者がいないほどの人気者になった。

なにしろ十数年にわたって稜を脅かし、国境近辺を占拠していた胡軍を追い払ったのだ。しかも央雪花は仙郷で修行を積み、人にはない神通力を持っているという――長年戦と悪政に苦しめられていた民衆が熱狂したのも当然だ。

帝は、直ちに領地と将軍職を雪花に与えた。夜ごと雪花のために宴を催し、男妾(おとこめかけ)を下賜するなど、まさに下にも置かない歓待ぶりであった。

しかし雪花は、世間のいうところの仙郷で育った者らしく、俗世のしきたりを一切解さない天衣無縫な無骨者である。領地を民に分け、男妾を里に帰らせるなど、帝意を無視した勝手な振る舞いに、やがて帝も苛立ちを隠さないようになってきた。

「央殿、いい加減三神山の場所や道士らのことを、陛下に申し上げた方がよいのではないか。実際のところ、陛下はその秘密が知りたくて央殿を歓待しておられるのだ」

帝の猜疑心の強さをよく知っている涼舜は、何度もそう言って忠告したが、雪花は頑なに口を閉ざしたままだった。逃亡の最中、夜盗に襲われて二人の兄が殺されたことだけは話したが、それ以降どうやって雪花一人が生き延びたのか――むろん仙郷の地の在処(ありか)も、消えた道士らの行方も一切話そうとしない。

禁軍にあっても、強いといえば確かに強いが、所詮は人の域の強さである。南央山の戦いで見せた神がかった力は、そもそもあれが幻か奇跡であったかのように、その片鱗さえ見えてこない。

帝が苛立ちを募らせているのは明らかで、雪花に何らかの処分が下されるのは、もはや時間の問題であった。過去、意に沿わぬ家臣を次々と誅殺してきた帝である。いつ気が変わって雪花を拷問にかけよと言い出すか分からない。

「涼舜殿、気にされずともよい。山を下りた時から、こうなることは分かっていたのだ」

雪花は平然としていたが、涼舜がそれに耐えられなかった。そして思わぬ行動に出た。なんと、責任を取って雪花を娶りたいと帝に申し出たのである。南央山で見たのは自分の幻であった、これからは雪花を一女人として家に留め置き、世間に出さないようにしたいと――そう嘆願したのである。

なるほどそれもよいかと思いかけた帝が、いったん返事を保留したのは、南央山の戦いで英雄視されている涼舜に、これ以上力をつけさせるのを危惧したためだ。

涼舜は先帝の妃の甥に当たり、帝にとっては油断のならない一族を背景に持っている。その涼舜に、民衆に人気のある雪花をむざむざくれてやってよいものか――

事件が起きたのは、そんな風に、帝がまだ迷っていた頃である。

その夜、宴の席で帝はひどく酔っていた。そしてそういった時の悪い癖で、芸妓らに絡み始めた。舞が下手だと難癖をつけ、朕の顔に泥を塗るかと言って怒り出した。

帝が女の髪を摑んで引きずり倒した時も、居並ぶ高官らは黙って盃を舐めているだけだった。ここで下手に口を出せば、逆鱗に触れるのを知っていたからだ。

「おやめなされ。相手は女でございますぞ」

しかし、そこで雪花が堪りかねて立ち上がった。元より無関係な他人の喧嘩にも割って入るような気質である。そういった場面では、涼舜がなだめて思いとどまらせるのが常なのだが、折悪しくその晩に限って、涼舜は不在だった。

「私にはとても素晴らしい舞に見えました。さほど怒るようなことではありますまい」

まっすぐな目で忠言する雪花に、募る恨みも堰を切り、帝は激怒して抜刀した。しかし泥酔の最中でも、相手が得体の知れない仙郷の者だということに、はたと思い至ったのかもしれない。

「では、央雪花、そなたが代わりに舞ってみせよ。忘れておったがそなたも一応女であったな。仙郷の舞というものを、この場で朕に舞ってみせよ」

「——私は、舞は」

「舞えぬというなら、この女たちを一人残らず切って捨てるぞ。それでもよいか！」

さしもの雪花も色をなして立ちすくむ。もはや引くに引けなくなった帝の癇癪に、誰もが惨劇を予感して凍りついた——その時だった。

「陛下、仙郷の舞がいかほどのものかは存じませぬが、この私には敵いますまい」

末席に座していた男がそう言って立ち上がると、頭頂を飾る小冠を取った。浅黄色の長袍は無官者の印、しかし翡翠飾りのついた小冠は貴族の証である。

「お前か、月凜、弧家の恥さらしめ」

二度横やりを入れられた帝は、顔を赤くして激昂した。しかも相手は、甥に当たる弧月凜。先帝の遺児でありながら、日頃一族の顔に泥を塗ってばかりの男である。

南央山の戦いの後、稜と胡は形ばかりの休戦協定を結んだが、凶王がその条件として「かの有名な弧月凜を、私の男妾にできないか」と冗談交じりに口にしたことが、ますます帝を怒らせた。

男妾を持つのは貴族の公然のたしなみであるが、先帝の息子が妾側になることなど考えられない。——実際のところ月凜はそれに近い真似をしていたのだが——しかし、それを他国に面と向かって指摘されるなど、あってはならないことであった。

「仰る通り、不肖の身ゆえ、妻も子もなく恥をさらして生きております。しかし、この私の前で、山育ちの猿の踊りが見たいと仰るとは——とても黙ってはおられませぬ」

妖しげに笑った月凜は、震えている芸妓の前に歩み寄って屈み込んだ。たおやかな白い指で、女の顎を持ち上げて口づける。帝をはじめ周囲は呆気にとられるばかりである。

立ち上がりながら髪留めを引き抜いた月凜の背に、絹の黒髪が流れ落ちた。口づけで紅を移し取った唇は艶めかしく色づいて、唇と共に奪ったのか、肩には鮮やかな赤紗の披帛(ひはく)をかけている。

どこからともなく、天上の音楽が聞こえてくる。幻聴と幻覚が織りなす一時の後、誰もが魂を抜かれたようにぼうっとなった。まさに天人降臨。この世にあらざる者が宿ったとしか思えぬ月凜の舞に、さしもの帝も言葉をなくして座り込んでいる。

しとやかな所作で一礼した月凜は、唇の紅を披帛で無造作に拭き取ると、立ちすくむ雪花の傍らを素知らぬ顔で通り過ぎた。

「今後は収める算段もないままに、出過ぎた真似はせぬことだ」

その囁きが自分に向けられたものと気づいた雪花は、弾かれたように顔を上げた。

ほのかに匂う甘い残り香。にわかに頬が紅潮し、心臓がドキドキ高鳴り始める。

「……なんと美しい女人なのだ。かように美しい女を、私はこれまで見たことがない！」

しかし、雪花の呟きで、今度は隣に座る帝が唖然としながら我に返った。——は？　月凜が女人だと？

つまり、なんとも腹立たしいことに、あれほど目をかけてやっていた央雪花は、朝廷の人間関係すらまともに覚えていなかったのである。

天人の舞に心を奪われながらも、帝はまだ雪花も月凜も許してはいなかった。そこでようやく、皮肉な報復を思いついたのである。

「央雪花、朕は今、ようやくそなたの功に報いる術を思いついた。弧月凜ほどそなたに相応しい伴侶はおらぬ。どちらが男役を務めてもよいから、直ちに婚礼を挙げるがよい」

‡‡‡‡‡‡‡

孔雀藍の帳の中に、あえかな吐息と粘膜の触れ合う水音が籠もっている。

月凜の膝に抱えられた雪花は、片手で着崩れた夫の単衣を摑み、唾液を貪るような荒々しい口づけに懸命に応えていた。

「……ん、……、ン」

互いの唇が隙間なく合わさって、熱に濡れた夫の舌がその間隙を行き来する。内腿にあるものがもどかしく疼いてきて、雪花は裙の下で自分の膝を擦り合わせた。

「……雪花、お前の唾液は、甘露のようだな」

唇を離した月凜が、掠れた声で囁いた。

「いつまでも吸っていたくなる。逃げるなよ、しっかり俺にしがみついていろ」

荒々しく雪花の腰を抱き寄せると、月凜は再び唇を重ねて、舌を差し入れてきた。熱を帯びた呼吸と粘膜の絡まる音。甘い蜜のような夫の唾液を、雪花もまた存分に味わった。

一体、女性にしか見えない夫のどこに、こうも激しい雄の部分がひそんでいたのか。一度唇を合わせると、月凛は執拗に雪花の舌を追い求め、いつまでもその前戯をやめようとしない。

甘くて深い口づけを長く続けていると、酒精よりもなお強い薬草に酔ったように、次第に何も考えられなくなってくる。

「……あ、だめ……」

「お前という奴は、褥の中だと処女（おとめ）のように可愛らしいな」

唇の間に指が差し込まれ、とろりとした唾液と共に薄桃色の舌が引き出される。月凛がそれを自分の口に含み、淫らな音を立てて舐めしゃぶった。

「ン……ん」

「雪花……、逃げるな、……いい子だ、もっと舌を出せ」

こんな風にされていると、頭の中にあるものが月凛に舐められ、とろかされていくような感覚になる。内腿の間がとくとくと疼き、重なり合った粘膜の襞が内側から潤ってくる。

半ば力をなくした身体から腰帯が解かれ、白絹の袂（たもと）から大きな手が滑り込んできた。乳房を温かな手のひらに包まれ、細い声を上げた雪花は、びくっと腰を震わせる。

その反応を愉（たの）しむように、月凛は乳首に指を這わせると、指腹で擦って勃ち上がらせた。

「ん、ン……ぁ、は」

「雪花……、雪花」

口づけを続ける月凜の呼吸が獣じみた熱を帯び、濡れた音を立てた唇の間から、唾液が溢れて顎を伝った。転がされたり撫でられたりした双の乳首は、硬く起ち上がって甘く疼き、唇で呼吸を塞がれたままの雪花はしどけなく腰を波打たせる。

そんな雪花を抱き倒すと、月凜は荒い息を吐きながら自分の腰帯を解き、単衣を脱いだ。

絹のように滑らかな肌ではあるが、筋肉が硬く盛り上がった肩と腕は、鍛え抜かれた男性のそれだ。広い肩幅も、痩せているようで厚みのある胸も、遊び暮らしている者の肉体ではない。

実際に素肌を見せ合うまで、雪花は夫の身体がこれほど男らしいとは思ってもみなかった。初めてそれを知った時、啞然とする雪花に、月凜は笑いながらこう言ったものだ。

(立ち居振る舞いや歩き方、ちょっとした仕草だけで、人の印象は随分と変わる。お前は堂々と胸を張って大股で歩くが、俺は首を傾げ、肩を落として内股で歩く。世間で俺の方が小柄だと思われているのはそのせいだろう)

(それはすごいな！　私にもぜひ教えてくれ。旦那様に相応しい妻になりたいのだ)

(……絶対に似合わないからやめておけ)

そして、その時雪花は知ったのだった。夫の姿は、世間を欺く擬態であったと。

理由は考えるまでもない。先帝には月凜を含め五人の息子がいたが、生き残っているのは月凜一人だ。武勇に優れた兄たちが次々と誅殺される中、月凜だけが見逃されたのは、子を残す能力がないのと、よもや龍陽に成り果てた月凜を推す者など、誰も居まいと高を括られていたせいもある。

しかし、今その月凜は、女が妬むほどの美肌に薄く汗を滲ませて、情欲に濡れた目で妻を組み敷き、薄桃色に濡れ光る乳首にぬるぬると舌を這わせている。

「……ン、あ、っ、……は、ぁ、旦那様」

折り曲げた指を唇に当て、雪花は艶めかしく首を振る。そんな妻を喉を鳴らして見下ろすと、月凜はその指ごと口に含み、甘く淫らに口づけた。

「……雪花、今宵のお前は、ひときわ甘い声を出すな」

囁いた月凜が、妻の裙と袴を脱がせ、雪よりも白い腿を両手で抱いて押し開いた。果実の綻びから蜜の滴るような場所に唇を当てると、ゆるゆると舌を動かし始める。甘く爛れた快感がみるみる下肢から這い上がり、雪花は見開いた双眸を潤ませた。

「ああ、や……、は、……」

雪花の腿に顔を埋めた月凜は、淡く色づいた柔肉を丹念に舐め上げた。薄桃色の花びらが覗く割れ目に舌先を入れ、幾層にも重なった襞を唇全体でチュクチュクと甘く吸引する。

「あ……、っ、だめ、だめ」

乱れた黒髪が褥に広がり、雪花のすんなりとした腰が弓なりになる。

いつもそうだが、そこを舐められると、髪の生え際まで甘苦しい官能の波が押し寄せてきて、堪らない気持ちになる。

舌先で敏感な真珠を左右に揺さぶられ、焦らすようにちゅっ、ちゅっと淡く口づけられる。

「あ……は」

耐えきれずに甘い声を上げ、雪花はぴく、ぴくと足指を震わせた。気持ちがよすぎて、この快感から逃げたいのか捕まりたいのか、自分でも分からなくなっている。

悶える妻の太股を両腕でがっちり押さえ込むと、月凜は舌と唇で真珠の粒をくるみ込んだ。温かくてぬるぬるした口の中でチュルッと吸い上げられ、一気に頭の中が白くなる。

「――ンッ、んんっ、あ、はぁ」

胸が切なく焼け千切れ、腰がわななき、あられもない声が迸る。

高みに上りつめた後のけだるさが下腹部に広がり、深い闇に堕ちていくように、雪花は褥に沈み込んだ。

荒い呼吸を吐きながら顔を上げた月凜は、しかしなおも口淫をやめようとしない。指で肉襞を押し開くと、快感の余韻でひくつく花びらに、再び舌を差し入れる。

「っ……、っ、もう、もうだめっ」

雪花は必死で首を振り、夫の肩を押し戻そうとした。月凜はそんな妻の腰を抱え上げて押さえ込むと、蜜でぬるつく穴に舌を入れ、ぬくぬくと抽送してから、膣をグチュグチュにかき回す。

「んンンっ、それいや、だめ、だめ、ぁ、――」

腰骨がとろけそうな快感が背筋を貫き、潤んだ目の奥で白い光がチカチカと瞬いた。

「ん、ふぅ……、ん、ン」

すすり泣きながら腰を震わせる雪花の腿を、温かい蜜が伝い落ちる。

身体全体が甘ったるく痺れて、手も足も芯がとろけたように力が入らない。

この世に、こんなにも淫らで気持ちのいいことがあると、雪花は月凜と結婚して初めて知った。こんな風に自分を変えてしまった月凜が、愛おしくもあり、憎くもある。

「……、ひどいぞ、軍務が近い時は、手加減すると言うたではないか」

「悪いな。今夜は俺にとって、とても特別な夜なのだ」

涙目で睨む雪花を抱き寄せると、膝立ちになった月凜は自分の腰を覆う布を取り払った。

✦✦✦✦✦✦✦

今から一年前。――帝の一言で結婚するしかなくなった二人だったが、もちろん最初から仲睦まじかったわけではない。

婚礼の夜、赤い衣装を着て牀榻で向かい合った二人は、ただ言葉もなく、互いに盃を傾けるのみであった。

「月凛殿」——と、最初に思いつめた声を上げたのは雪花だった。

「こたびは、私の不用意な一言でかようなこととなり、誠に申し訳ない。この場合、私が月凛殿を旦那様と呼ぶべきなのか、それとも月凛殿が私を」

「何故私が、女のそなたを旦那様と呼ばねばならぬ」

呆れた声でそう返すと、月凛は盃を置いてからため息をついた。

「まぁ、いいわ。好きに呼べ。どのみち私には夫らしいことは何もできぬしな」

「知っておる。龍陽なのであろう？　女同士が結婚したようなものだと聞かされた」

目を輝かせる雪花に、月凛は、珍しい動物でも見るような目を向けた。

「喩(たと)えは微妙だがその通りだ。なのに何故、そのように嬉しそうな顔をしておる？」

「だって楽しそうだし、なにより、閨のあれこれがないのは気楽ではないか」

「……、まぁ、そなたがそう思ってくれるのなら、私に言うことは何もないが」

ふいに表情を改めた雪花が、盃を置いてから口を開いた。

「月凛殿。縁あって結婚した故打ち明けるが、実は私は子を産むために山を下りたのだ」

ぶっと月凛は噴き出したが、雪花は大真面目である。

「それは……つまり、そなたには言い交わした者がおったということか？」

「いや、そのような定めと聞いただけで、相手がどこの誰かは知らぬ。あるいは、その相手が涼舜殿ではないかと思ったこともあったのだが……」

さすがに雪花を憐れに感じたのか、月凜が顔から笑いを消す。

「しかし、かような私が種のない月凜殿を夫に持つことになったのも、おそらくは天意であろう。思えば、端から私にはその資格がなかったのだ」

「天意とは、また大げさな話だな。そもそもなんだ、その資格とは」

唇を引き結んで黙り込む雪花を、月凜はそれ以上問いつめなかった。帝にいくら脅されても仙郷のことは一言も口にしなかったという雪花である。その雪花が、今、相当の覚悟を持って己の過去の一端を口にしたことが分かったからだ。

「ま、よいわ。しかしお前が万が一孕めば、私はお前を殺さなければならないぞ。――稜では不義は死罪。離縁も禁じられておる。そして俺は女を孕ませることができぬからな」

そこで言葉を切り、月凜は冷たく微笑んだ。

「つまりお前は、生涯、女の悦びを知らぬまま、お前を愛さぬ男の妻として朽ちていくというわけだ。南央山の英雄に、帝も残酷な仕打ちをしたものよ」

「私はな、月凜殿」

しかし盃をぐいっと空けると、雪花は頬をほのかに赤らめながら、月凜を見上げた。

「この年まで生きてきて、月凜殿のような美しい人を初めて見たのだ。ひ、一目惚れだ！

私が男であったなら、ぜがひでも月凜殿を妻にと望んでいただろう！」

「………………」

言った！　と言わんばかりに、顔を赤くしてぐいぐい盃を空ける雪花を、月凜はしばし、呆れとも訝しさともつかぬ目で見つめていた。

「ありがたいが……央雪花、私はどこまでいっても女ではないぞ」

月凜の声は冷めていたが、それでもどこか、これまでにない優しさを滲ませていた。

「おかしなやつだ。てっきり涼舜のもとに嫁ぎ損ねて、落ち込んでおると思ったら」

「……？　何故私がそこで、落ち込まねばならぬのだ」

「いや、お前のような無聊者に惚れた涼舜が、ただ憐れという話よ」

話を打ち切るように、月凜は片膝を立て、そこに片腕を預けて顎を支えた。

女そのものに思えた夫の思わぬ男らしい仕草に、雪花は少し驚いて息をのむ。しかも初めて目にした月凜のふくらはぎは、色こそ白いが存外に筋張り、明らかに雪花より逞しい。

「……月凜殿、……その、お行儀が悪いのではないか」

「何か誤解しているようだが、俺は心根まで女というわけではないぞ」

一人称まであっさりと変えると、月凜はやや馬鹿にしたような目で雪花を見た。

「ま、たとえ俺が女であっても、お前のような教養のない男の妻には絶対にならぬがな」

「む、それは聞き捨てならぬな。歌や踊りは苦手だが、碁の勝負なら誰にも負けぬぞ」

「ほう。山猿にも碁が打てるか。ならば一局勝負してやる」

そして初夜の衣装に身を包んだ二人は、碁盤を挟んで明け方まで睨み合った。結果は
――月凜の惜敗であった。

「いや、これは絶対に何かの間違いだ。明日だ明日、明日もう一局勝負するぞ」

「……まぁ、よいが、何度やっても同じことになるのではないかな」

雪花が遠慮がちに言ったのは、その夜の勝負に関していえば、かなり手加減していたからだ。碁は雪花の唯一の楽しみである。相手が誰でも負ける気がしない。

しかし、侮っていた雪花に敗れたことは、月凜をひどくむきにさせた。家人たちが邪な想像をするほど、二人が閨を共にしていたのは、実際に碁を打っていたからである。

勝負の後、疲れ切った二人は同じ褥で眠りについた。雪花にしてみれば女同士が共に寝るような感覚だったし、月凜には童が横にいる程度の感覚だっただろう。とはいえ、そんな風に日々過ごしている相手に情が湧かないわけがない。

しかも二人には、運命の皮肉としか思えない共通の過去がある。互いの両親を殺された錦宗の乱。さらにはその後、兄弟の全てを亡くして天涯孤独となったこと。

雪花は逃亡中に二人の兄を亡くし、月凜は乱の後、四人の兄を相次いで亡くしている。いや、実際は叔父である帝に殺されたのだ。あるいは無実の罪で、あるいは激戦地に意図的に送られて。――

月凜は確かに龍陽で、邸第には男の愛人が数多く訪れたが、次第に雪花にもそれがただの色恋ではないことが分かってきた。彼らは詩人であったり、一見政治とは無関係の遊び人だったりしたが、帝を追放したいという共通の目的を持っていたのだ。

その者たちを繋ぐ役割を担う月凜も、間違いなく同じ大望を抱いている。なにしろ月凜は先帝の血を引く、最後にして唯一の正統な後継者なのだ。——

どれだけ周囲に蔑まれようと、一切の屈託を見せずに汚れ役を担う月凜に、雪花は深い感銘を覚えた。

月凜もまた、自分と似た境遇でありながら天真爛漫な明るさを持つ雪花に、実の妹のような愛おしさを募らせていった。

やがて月凜は、四六時中でも雪花を側に置いて碁の相手をさせたがるようになったが、禁軍に所属している雪花にすれば、付き合ってばかりはいられない。

涼舜に誘われれば、月凜を置いて出て行くし、男に交じって宴会に出たりもする。

その都度月凜が不機嫌になる理由を、雪花はもちろん月凜本人でさえ、よく分かってはいなかっただろう。

しかし、当時の雪花はまだ知らないが、月凜は身も心も男である。そして、立ち居振る舞いこそ男そのものの雪花だが、その肌は雪よりも白く、唇は桃の花弁のように愛らしい。普段は男装で目立たない胸も、薄い夜着を身に着ければ、膨らみが艶めかしく目に映る。

――婚礼から半年も経ったある明け方、ひどく悩ましい夢を見て目を覚ました雪花は、自分が背中から月凜に抱かれていることに気がついた。

驚いたが、時折自分が寝ぼけてしがみつくように、夫もそうしているのだろうと思った。ただ、それにしては月凜の片手が微妙な場所に触れている。

「……旦那様」

不可解なむず痒さを覚えた雪花は、身をよじって逃れようとした。けれど胸に置かれた夫の手はびくともしない。それどころか指がゆっくりと動いているようでもある。

――んん？　まさか私を誰かと違えているのか？　しかし男に胸はないだろうに……。

疑問に思いながらじっとしていると、腰の辺りに置かれていた手まで胸に這い上がり、両方の膨らみが、大きな手で包まれる。優しい手つきで柔らかな丸みを押し揉まれ、さすがにじっとしているのが辛くなってきた。

「……旦那様、くすぐったいぞ」

注意を促しても、月凜はなおその行為をやめようとしない。ひどく奇妙に思いはしたが、特段気持ちの悪いことでもない気がして、雪花は眉を寄せつつ目を閉じた。

気持ちが悪いというより、むしろ逆だ。夫の温かな体温に包まれ、優しく胸を揉まれていると、うっとりと眠りに誘われそうな心地よさがある。それどころか――

「……ン、」

妙に熱っぽい声が出たことに、雪花は驚いて息をとめた。胸を撫でる月凜の指が、先端の蕾を執拗に擦っている。そこを触られると、ピリピリと淡い痛痒感が胸から腰にかけて下りてくるようで、どうしてもじっとしてはいられない。

「旦……」

「じっとしていろ」

月凜が起きていたことと、その息が荒いことに気がついたのはその時だった。

「……まさかこの俺が、お前ごときに理性が利かなくなってしまうとはな」

何を言われているのか分からない間に、囁いた夫の指が袂の内側に入ってくる。

指は、胸を覆う心衣(しんい)の下に滑り込み、胸の膨らみに直に触れた。

「――え？　な、何……」

「怖がるな。お前に、ほんの少し女の悦びを教えてやろうというのだ」

驚きで固まる雪花の胸を包み込んで揉みほぐすと、月凜は指を両乳首に這わせてきた。

びっくりしたが、指腹で優しく擦られている内に、むずむずした甘ったるさが腰の間に立ち込めてくる。

知らず膝を擦り合わせた時、耳に唇が当てられて、雪花は「あ、」と細い声を上げた。

「……、お前、存外に可愛い声を出すのだな」

ひどく暗い声で囁いた月凜が、雪花の腰を抱いて仰向けになった自分の上に乗せた。帳の天井を見上げた雪花は、それでもまだ何が起きているのか分からない。

腰帯が解かれ、襦(はだぎ)がはだけられて肩が剝き出しになった。耳に、肩に熱っぽく口づけられながら、乳首を撫でられたり、コリコリ弄られたりしている内に、それまで感じたことのない、甘いような切ないような感覚が胸から腰にかけて広がってくる。それがおそろしく危険なもののような気がして、雪花は不意に怖くなった。

「……、いや、……だ」

身体をねじってその感覚から逃げようとすると、首に顔を寄せた月凜が、口を使って心衣を留めている紐を解く。はらりと胸を覆う銀紅色の絹が落ち、淡い桃色の乳首がふるりと天を向いて震えた。その乳首を月凜の指が捉え、くにくにと柔らかく押し揉み始める。

「ン……」

下唇を噛んだ雪花は、甘い痛痒感にぴくっと腰を震わせた。

ここまできて、ようやく月凜がしていることの意味が分かった。夫婦であれば当然の行為。しかし月凜は龍陽で、女性にはなんの関心もないはずだ。——それが、何故？

とはいえ、身体をまさぐられているだけなのに、この心地よさはどうしたことだろう。恥ずかしいのに頭の芯がとろけてきて、何も考えられなくなってくる。

「あ、……は、……」

乳首を弄られただけで甘くとろけた雪花の足から、裙がたくし上げられる。剝き出しになった腿を愛おしげに撫でた手が、するりと内腿の間に入る。咄嗟に足を閉じた雪花は、夫の指が触れている場所が裡からぬるついているのに気がついた。

「ンっ、……い、やだ」

首を横に振って抗っても、潤みをかき分けて忍び込んだ指は、甘ったるく疼くぬかるみの中に沈み込む。

刹那感じた、腰が砕けるような快感に、雪花は言葉もなく唇を震わせた。

帳に覆われた牀榻の中に、百合の蜜にも似た、淫靡な香りが籠もり始める。

クチュクチュという水音。ぬるま湯に浸されているような気持ちよさと、強い酒を飲んだ時と同じ酩酊感。身体が浮き上がり、その感覚が繰り返しやってくる。

「あ……、やだ、……いや、いや」

半裸になった肌を薄桃色に染めた雪花は、夫の指をのみ込んだままで、しどけなく腰を振った。そんな妻を背後から抱き締める月凜は、耳を舐め、硬くなった乳首をさわさわと擦り、花びらの中に指を入れて動かしている。そこはもうヌルヌルに潤って、月凜の美しい指をいやらしく濡れ光らせている。

「雪花……、お前の中は、すごく、熱いな」

「はぁ、あう」

「……っ、俺の方が、わけが分からなくなってくる」

そう言って、涙目で喘ぐ雪花の顎を摑むと、月凜は耐えかねたように唇を重ねてきた。熱い吐息が唇に触れ、今度は下になった身体の上に月凜がのしかかってくる。

唇を甘く貪られ、誘われるままに舌を出して、月凜のそれと触れ合わせる。自分の身体も熱かったが、重なった月凜の身体の方がなお熱い気がした。

「……雪花」

切羽つまった声に、胸の裡がズキンと疼いた。これまでも月凜のことは好きだったが、その刹那、好きの意味が全く違うものになってしまったような気がした。胸が痛むほどに、自分を抱いてくれている人が愛おしい。

「あ、旦那様……」

喘ぎながら囁いた雪花は、自分から夫の腰に両手を回し、拙い仕草で口づけた。その一瞬、動揺したように顎を引いた月凜だが、すぐにこれまでにない荒々しさで応えてくれた。

夢中で抱き合って、互いの舌や唇を貪るように口づけを交わし合う。

「くそっ」

不意に低く呻いた月凜が、雪花の両腕を押さえつけて半身を起こした。

「……俺としたことが、本当に歯止めが利かなくなったわ」

意味が分からずに夫を見上げた雪花は、ふと、その単衣の合わせ目から覗く異様な物体に気づいて眉を寄せた。――え……？

男の股間にぶら下がる人道なら、戦場で幾度か目にしたことがある。けれど今日にしているものは、その時のだらりとした海鼠（なまこ）のような形状とはまるで違う。

雪花の片足を自分の肩にかけると、月凜は帯を解いて前屈みになった。

「安心しろ、子はできぬ」

欲情に翳った目で見下ろされ、雪花はごくりと喉を鳴らした。

「……それは、種がないと、いうことか」

「あるが、お前の中に注がねばよいだけの話だ」

意味は分からないまでも、月凜がそれまで、一番肝要な部分でも世を欺いていたことを、雪花はようやく理解した。この秘密が世に漏れれば、おそらくだが月凜は殺される。

「……雪花、優しくするから、我慢しろよ」

そうしてその夜、二人は本当の夫婦になった。しかしそのことは、半年たった今でも、月凜の側近数人以外は誰も知らない。

＋＋＋＋＋＋＋＋

いつのまに降り出したのか、雨の音が牀榻の中にまで響いている。

これで庭の桃花が散ってしまうなと、寂しく思えていたのはいつまでだったのか。――

「あ、……あ、待って」

背後からいきなり奥深くまで貫かれ、雪花は敷布を握り締めた。そんな雪花の肩を片手で摑み、月凛は荒々しく腰を打ちつけてくる。

「……だ、旦那様」

揺さぶられながら、雪花は弱々しく首を振った。

「もう、……む、無理だ、……明日は、早くに、……発つのではないのか」

切れ切れに訴えた抗議の声など聞こえないように、月凛はいっそう腰の動きを激しくする。こんなに何度も立て続けに求められたのは初めてで、雪花には目が眩むようだった。

——あ……、頭が、どうにかなりそうだ。

腕にも膝にも力が入らず、半開きになった唇から銀色の雫が糸を引いた。

硬い肉茎で押し広げられ、突かれている場所から甘苦しい快感が急速に広がっていく。

互いの放つ獣じみた呼吸に、粘膜の擦れる水音と、肉がぶつかる打擲音が交じり合う。

行きすぎた快感は苦しくさえあったが、背中にかかる月凛の吐息や髪、微かに聞こえる掠れた声が、切なく胸を疼かせた。

「雪花、……お前の中は、すごく気持ちがいいな」

「んっ、ん、んっ」

「可愛い奴め、俺の形をすっかり覚えて、いやらしく食い締めてくる」

雪花の中で、月凜のものが荒々しく猛って角度を変える。声も出せないほどに激しく突き上げられて、雪花は喘ぐこともできずに、ただ息をするだけになっていた。

いくら今夜が邸第で過ごす最後とはいえ、どうしてこうも、月凜が執拗に挑んでくるのか分からない。もう声はとうに枯れ、何度も快感に沈められた身体は揺さぶられるままになっている。

「ア……、あ、いく……」

自分のものではないような声が喉から漏れた。屈み込んだ月凜が雪花の両胸を抱いて引き寄せ、うなじに唇を押し当てる。

「……雪花、俺を置いていくな」

繋がっている部分がずくんっと疼き、潤いを増した花びらが月凜の肉茎を締めつけた。その刹那、呻き声を漏らした月凜に、やおら膝を抱えられ、ずんずんと下から突き上げられる。

一番奥を抉られ、穿たれ、脳天が痺れるような快感で、頭がうつろになっていく。

「雪花、俺も、……、いく」

掠れ声を上げた月凜が壊れそうなほど強く腰を打ちつけてくる。より深い場所で小さな花火が幾つも弾け、それが目も眩むほどの大きな花を開かせた。

「あ！　だめ、……あ！　あ、あああ」

闇に尾を引く残像の余韻の中で、甘くくずおれた身体が抱き締められる。自分の中からようやく月凜のものが引き抜かれたが、その時、気泡の弾けるような音を立てて腿に溢れたものの意味までは分からなかった。

身体を離して起き上がった月凜だが、再び屈み込んで雪花の首に腕を差し入れる。また求められるのだと思った雪花は、うつろに首を横に振ったが、代わりにひどく優しく唇を塞がれた。

喘ぎすぎてカラカラに渇いた喉に、甘い桜桃酒が流し込まれる。先ほど口にしたものとどこか違う味に感じられたが、その違和感も甘い口づけで流されていった。

「……すまぬな、少々手荒い真似をした」

乱れた髪を撫でてくれる月凜の手の優しさに、切なさで胸がいっぱいになる。

——謝るな、私こそ、明日はもっとひどい真似をするのだ。

「私が丈夫でよかったな、旦那様」

目を閉じてその激情をのみ込むと、雪花は愛おしさを込めて夫の手を握り締めた。

「……そうだな」

苦笑した月凜の唇が、そっと雪花のこめかみに押し当てられる。

「もう寝ろ。明日はお前も早いのだろう?」

「ん……」

明日、雪花は凶王の妾になるために胡に旅立つ。それこそが胡の求めた和睦の条件なのだが、元々凶王が要求していたのが月凜だった。

胡と休戦協定を結んで二年。本格的な和議の条件として、凶王が月凜を望んでいるという噂はかねてよりあった。

南央山の戦いで勝利したとはいえ、胡の勢いは依然衰えず、一方稜は傾いていくばかりである。次に胡が攻めてくれば帝都を守れる保証はない。

(胡とは和睦する以外道はないが、むろん月凜は差し出せぬ。すると凶王は、代わりに南央山の英雄であるそなたを寄越せと言い出した。——月凜を助けてもらえぬか、央雪花)

二月ほど前、密かに帝から呼び出された雪花は、一も二もなく頷いた。ただし、ひとつだけ条件を付した。それが月凜の移封である。

もし月凜の大望が叶うのなら、自分の命などどうなっても構わない。そしてその時には、雪花は命を絶つつもりでいた。万が一にも自分が凶王の子を身籠もる前に。

「——雪花、……俺の雪花、どこにも行くな」

温かな胸の中で、うわごとのような月凜の声が聞こえる。それを心地よく思いながら、雪花はうとうとと眠りについた。

——お前は地上で三度の試練に耐えねばならぬ。ひとつは家族との別れ、ふたつは愛する者との別れ、そして最後はお前自身の命……

はっと雪花は目を開けた。

おぼろげな景色の中で、ひどく懐かしい夢を見たような気がした。それが何だか思い出せないままに、我に返って一人きりの牀榻に視線を巡らせる。

「——旦那様、どこにいる！」

本能的にここが月凜の邸第でないことが分かった雪花は、急いで帳をはね除けた。

「央殿、目を覚まされたか」

そこに甲冑をまとった涼舜がいることに、悪い予感が確信に変わる。見知らぬ室内は午の日差しに満たされて、甘い桃香の代わりに、乾いた砂の匂いがした。

「……涼舜殿、旦那様はどこへ行った」

「央殿、まずはおかけにならぬか。目が覚めたのなら、何か食べるものをお持ちしよう」

「私は旦那様はどこへ行ったのかと聞いているのだ！」

雪花は腰の刀を引き抜こうとしたが、手はあえなく腰を滑っただけだった。身にまとう春緑と翡緑の襦裙は見たこともない衣装だったし、髪は女のように肩に流れている。

「旦那様、奥方様のご様子はいかがでしょうか」

そこに入ってきた侍女が、緊迫する二人を見て立ちすくむ。今の言葉が自分と涼舜に向けられたことに、雪花は悪夢でも見ている気持ちで息をのんだ。

涼舜は沈痛な面持ちで侍女を下がらせると、覚悟を決めた目で雪花に向き直った。

「央殿、月凜殿ならば和睦の証として胡に旅立たれた。もう二日も前のことだ」

頭を狼牙棒(ろうげぼう)で殴られたような衝撃があった。

どこかおかしかった夫の態度。いつもと違う味がした桜桃酒。目が覚めた時から予感はあった。――が、それでも雪花は、懸命に現実を受け入れまいとした。

「……い、いくらなんでもかような欺瞞(ぎまん)が許されるはずがない。これは陛下の勅命だぞ」

「――央殿、これこそが陛下の望まれた結末なのだ」

端整な顔に影を落とし、ひどく辛そうな目で涼舜は続けた。

「龍陽とはいえ、月凜様は亡き先帝の気質を誰よりも強く受け継いでおられる。……いや、龍陽を装っていたのも世を欺くためであろう。いずれにせよ、年を追うごとに先帝の面影が濃くなる月凜様に、陛下は内心、深い畏れを抱いておられたのだ」

「そんなことは分かっておる。それでも陛下は、私に胡に行けと仰ったのだ！」

激情に拳を震わせた雪花は、子供のように繰り返した。月凜が都を発ったのが二日前。一方で雪花が今いるこの場所は、都ではないだろう。乾いた砂の匂いは北方特有のものである。これから早馬を飛ばしても、胡までの距離は四日以上――

「もうよい！　私が直接陛下と話をつける。誰か、急ぎ馬を持て」

駆け出そうとした雪花の腕を、強い力で涼舜が摑んだ。

「分からぬか、央殿。陛下は最初から月凜様を胡にやるおつもりであったのだ！」

涼舜の激しい口調に、雪花は愕然と足を止める。

「しかしそれを命じてしまうと、生き残った先帝縁の者たちが黙っていまい。故に自ら望んで行かせるように仕組まれたのだ」

——自ら……？

「月凜様を胡にやると言えばそなたが行くというだろう。そなたが行くことになれば月凜様が行くというだろう。——そういうことだ」

「……ひ」唇が震え、雪花は指が食い込むほど強く拳を握り締めた。「卑怯ではないか」

「そうだ、卑怯だ。それは央殿より、私や月凜様の方がよく分かっておる」

涼舜もまた、激情に声を震わせた。

「私は叔母を、月凜様は四人の兄をあの男に殺された。もっと申せば、そもそも錦宗の乱そのものが、兄から玉座を奪いたい陛下と、稜の弱体化を狙った凶王の企んだことだったのだ」

「……つまり、陛下と凶王は、手を組んでいるということか」

「それならば今の稜の窮地はない。手を組んだと思わされていたのは錦宗の乱の時だけで、凶王は、陛下が兄を殺した事実を知っておる。陛下にしてみれば、何を要求されても逆らえない立場なのだ」

それで分かった。錦宗の乱から十七年、稜が防戦一方で、決して胡に攻め入ろうとしなかった理由が。屈辱的な和睦案をあっさりとのんだ理由が――

「私も月凜様も、何年も稜を奪い返すために働いてきた。今は味方が少なくどうにもならぬが、あと数年待てば大望は必ず果たされよう。それまで、辛抱してもらえぬか」

引き結んだ唇が震え、双眸から涙が溢れて鼻筋を伝った。その数年で旦那様はどうなるというのだ。数多の寵妃や愛妾を無残になぶり殺しにしてきた凶王が、その日まで旦那様を生かしておいてくれるのか。

「だ、旦那様が、先帝の最後の遺児であるのなら」

あまりの悔しさとやるせなさから、雪花は涙を迸らせて涼舜を睨んだ。

「どうして涼舜殿は旦那様を止めなかった。陛下を倒した後に稜を統べるには、旦那様が必要であろう！」

「……央殿、月凜様の血脈は、そなたが受け継いでおるのではないか」

雪花は声もなく息をのんだ。何を言われているのか意味が分からなかった。

「これは月凜様が一番よくご存じのことだが、仮に陛下が倒れ、月凜様が新帝となられても、稜はおそらくまとまるまい。――龍陽としての月凜様はあまりに有名になりすぎた。それを恥と思う貴族高官はいくらでもおるのだ」

呆然と立ちすくむ雪花の前で、涼舜は胸に手を当てて膝をついた。

「しかし月凜様の子となれば話は違う。央殿、私のこれからの人生は、全て央殿と生まれてくる子に捧げよう。その子を無事に守り育て、やがては稜を託せるように」

「……わ、私に子ができたと、旦那様がそう言われたのか」

別れの夜の一連の行為の意味が、ようやく胸に落ちてくる。今夜は特別だと、月凜は何度もそう言った。あれはそういうことだったのだ。

「……かようなこと、天仙でなければ分からぬぞ。まだ、その兆すら来ておらぬ」

「央殿、月凜様はこうも言われた。……もし、半月待っても、そのような兆が訪れねば」

うつむいた涼舜の口から、初めて苦しげな声が漏れた。

「その時は、私に代役を担うようにと。生まれた子を月凜様の子として育てよと」

ややあってその残酷な意味を解した雪花は、腹の底から激しい怒りが込み上げてくるのを感じた。ふざけるな、旦那様、私をなんだと思っているのだ。

それともこれが、地上に降りた時から決まっていた運命だったのか。――いや、それでも私は、ただ泣いて吉報を待つような女ではないぞ。

「――っ、央殿？」

いきなり腰帯を解き始めた雪花に、涼舜はおののいたように立ち上がった。

「涼舜殿、甲冑と兜を用意してくれ。旦那様を取り戻しに行ってくる」

「……な、何を言っておられるのだ」

止めようにも次々と衣服を脱ぎ捨てる雪花を正視できず、目を覆って涼舜は後ずさる。

「私は胡に行く。止めても無駄だ」

「――、そのような真似をしてもどうにもならぬ。月凜様が殺されることはないだろうが、央殿は違う。もし央殿が死ねば、月凜様のお覚悟は全て無意味になるのだぞ」

「ならば、誰でもいいから涼舜殿が孕ませた女の子を、旦那様の子と偽って育てればよい。涼舜殿と旦那様がしようとしているのは、そういうことだ」

厳しく言い捨てると、雪花は打って変わって晴れやかな表情を涼舜に向けた。それは南央山の戦いの後に見せた、太陽のように明るい笑顔であった。

「心配するな。もし本当に旦那様の子を身籠もっているなら、私は絶対に死にはせぬ。その上で旦那様も死なせはせぬ。――これは、私と天命の戦いなのだ」


「そなたが、かの有名な南央山の英雄か」

胡の王都。その王宮前の広場は異様な緊張に包まれていた。王宮を守る近衛兵が物々しく左右に並び、城壁には弓を構えた百余人の兵士が、広場全体を取り囲んでいる。

その緊迫した中にあって、たった一人で王に面会を求めてきた央雪花は、二年前と同じ白銀の鎧に身を包み、堂々とした態度で歩み出てくる。武器は取り上げられ、四方を囲む兵士から槍を突きつけられているのに、動じた素振りさえ見せない。

——本当に女か？

翡翠をちりばめた椅子に腰かけている凶王こと羅漢は、太い眉を訝しくひそめた。

顔立ちこそ女みたいな童顔だが、烈火のごとき眼差しと、堂々たる立ち居振る舞い。南央山では鬼神のように強く見えたが、後にその正体が女と知って驚いたものだ。しかし戦場で起こした奇跡は、共にいた道士の神通力によるものであったらしく、当の央雪花は形ばかりの将軍職に就いたものの、稜も厄介者としてもてあましているらしい。

用件は分かっている。そして稜の帝から殺してよいとの言質も取っている。二年前、数多の同志を殺戮の血に染めた乙女をどうなぶり殺しにしてやろうか、——央雪花をこの場に招いたのはただその愉しみからにすぎない。

「月凜を、ここへ」

命ずると、白の衫に雪灰の上衣と八破裙、霞のように淡い被帛を肩にかけた月凜が、両側から抱えられて引き出されてくる。

双鬟に結った髪には翡翠の簪、額には妾の証である花鈿を飾り、唇に紅を引いている。

しかし目はうつろで、半開きになった唇からは銀糸が顎に伝っている。阿片を飲まされ、口淫のために顎を外されているからだ。美しく装っていても、襟元からは無残な打擲痕が覗き、力なく垂れた白い腕も、別の方向にねじれている。

それでもぞっとするほど艶めかしいのは、天下一の美女と名を馳せた所以なのか。

「俺の妻を返してもらおう」

変わり果てた夫の姿に、しかしわずかも怯まない央雪花の声がした。

「妻――?」思わず口にした凶王が笑い、どっと周囲も笑いに包まれる。

「面白いことを言う女だな。弧月凜はお前の妻か、央雪花」

「夜ごと可愛がっている俺の妻だ。そう呼んで何が悪い」

凄(すご)みさえ帯びた雪花の声に、さしもの凶王も言葉をのんだ。

――少なくとも、男女が逆転した夫婦だという噂は本当のようだ。

「悪くはないが、今月凜を可愛がっていいのは儂だけだ。なんならそなたも寝所にはべるか? 月凜のように、気が狂うほどいかせてやろうか」

「仙郷の力が、欲しくはないか」

返す雪花の言葉に、「なに?」と凶王は眉を寄せた。

「帝を言いなりにしたところで十七年、稜はいまだお前のものになってはおらぬ。そうするには稜はあまりに巨大で、お前ごときの手におえるものではないからだ」

「……本当に死にたいのか、央雪花」

「だからお前に、仙郷の力を貸してやろうと言っているのだ」

図星を指され、怒りで顔を赤くした羅漢に、雪花は涼しげな目を向けた。

「南央山の戦いの折、俺が連れていた道士をそっくりお前にくれてやる。ただし、俺の妻と引き換えだ」

む……、と凶王は奥歯を噛んだ。肘掛けに置いている片腕を上げさえすれば、周囲の槍が女を串刺しにするのは分かっている。それでも腕は上がらない。嘘か、真か。――しかし自分は、確かにこの目で、二年前の奇跡を見ているのだ。

「――、……あの者どもはその後忽然と消え、行方も知れぬと聞いておるぞ」

「俺も試したことはないが、たったひとつだけ道士を呼び戻す方法がある。やってみぬか、凶王殿。今この場でそれが叶わねば、すぐにでも俺を殺せばよい」


広場に琴と笛の音が流れ始める。矢をつがえ、槍を構えた兵士らが見守る中、怯えた顔の踊り子たちが鮮やかな緋色の衣装をまとい、おずおずと中央に歩み出てくる。

正面には不機嫌な顔をした凶王が座している。踊り子全員の顔が引きつっているのは、もしこれで仙郷の道士たちが出てこなければ、皆殺しにされるのが分かっているからだ。

その意味で彼女たちには、踊り子を挟んだ凶王の対面で、ぐるりと周囲を槍に囲まれて立っている央雪花は、地獄から来た使者のように見えた。

（——美女たちの舞を見れば、仙界の者たちは地上に降りてこずにはいられない。その折をとらえて、呼び戻すのだ）

凶王にしろ、胡軍にしろ、二年前の奇跡を目の当たりにしていなかったら、このような戯れ言に耳を貸しはしなかったろう。

しかし、絶体絶命の状況下にあっても一切動じない雪花の態度や、たった一人で敵陣に乗り込んできた理由などを鑑みると、あるいは本当に仙郷の道士が現れるかもしれない。

今はそんな風に思う全員が、固唾をのんで女たちの踊りを見守っている。

一刻が過ぎ、二刻が過ぎた。天にはなんの異変もなく、女たちは蒼白な顔で必死に踊り続けている。もうよい——堪りかねた凶王がそう言いかけた時だった。

視界の端で、風に舞う霞のような白い紗が翻った。それまで死人同然にうつろだった月凜が、よろめく足取りで女たちの輪の中に入っていく。

急いで追いかけようとした兵士を、凶王は驚きながら手で制した。

月凜め、あれだけ痛めつけられて、まだ正気を保っておったか。それとも失ったがゆえに音楽に誘われたのか。——いずれにしてもその時、凶王はようやく思い出したのだった。弧月凜が、天下に名を馳せた舞手であったことを。

耳障りだった琴や笛が、いつの間にか天上の音楽に代わっていた。花霞のような雪灰の衣装が風に踊って空を漂い、その中で優雅に舞う月凜は、さながら雪精の化身のごとくだった。

緋の衣装をまとった女たちも、槍を構える男たちも、魂を抜かれて呆然とする。天人降臨。この世のものではない何かが魅せる忘我にして極上のひととき――

雪花が己に向けられた槍を摑んだのはその時である。疾風のごとき速さで槍を奪い取った雪花は、その柄で持ち手の顎を砕き、一閃させた槍頭で三人の喉を切り裂いた。

そのまま立ち塞がる兵士の腹を突き、地を蹴って跳ね上がる。空を舞った雪花が再び地上に降りた時、その手には兵士から奪い取った腰刀が握られていた。

その一瞬の出来事は、どれだけ鍛えようと人間にできる技ではなかった。その場にいた全員がようやくにして気がついた。ここにいるのは間違いなく南央山の英雄であり、同時に人ではないものだと。

「逃げよ！」

刀を横一文字に構えた雪花が叫び、踊り子たちが悲鳴を上げて左右に散った。そこに、放たれた矢が一斉に降り注ぐ。身を屈め、地を蹴った雪花が向かうのは、正面に座る凶王である。

矢は奇跡のように雪花の身体を避けていく。しかしそう見えたのは、雪花が風よりも速く腰刀を振るい、矢をなぎ払っているからだ。

それが奇跡ではない証に、矢は初めて雪花の肩を射貫き、胸を穿ち、腿に刺さる。なおも駆けようとした雪花がもんどりうって倒れた時、凶王は興奮のあまり立ち上がった。

「殺せ！　その化け物を殺してしまえ！」

その視界の端に再び白い羽にも似た靄が見えたのは目の誤りだったのか――いずれにせよ、そう思ったのが凶王が現世で意識した最後になる。

倒れる間際、雪花が投げた腰刀を摑み取った月凜が、左切り上げに凶王を斬り殺したのだ。その凄まじい一閃は、月凜の嫋やかな姿からは想像もできない。

「――雪花！」

妻を呼んで駆け出そうとした月凜の胸を、恐慌に陥った兵士の槍が貫いた。


――ばかなやつだ、俺の計画を台無しにしおったわ。

月凜は、半分息をしていない雪花の血濡れた頰に自分の頰を寄せた。周囲は大混乱に陥っていたが、その喧噪はもう二人には届かない。というより、自分が何故妻を抱き締められているのかも分からない。

いずれにせよ、これは天がくれた慈悲であろう。あまりいい人生とは言えなかったが、最後にたった一年、至福の時間を過ごさせてもらえたのだ。

「おい、何故に俺を妻だと言うた」

「凶王を油断させるためだ。妻だと言えば、旦那様が強いとは誰も想像しないだろう」

「ばか者めが……あの時は、顔から火が出るかと思うたわ」

わずかに微笑んで目を閉じた月凜は、そういえばと思い返して目を開けた。

「俺が正気だと何故分かった。お前、最初から俺に舞わせるつもりだったであろう」

「旦那様はお心の強い方ゆえ、絶対に大丈夫だと信じておった。それに、擬態で人を欺くのが上手いゆえな」

「それにしても拙速な真似をしたものだ。凶王はしとめたが帝はまだ生きておる。……ま、後のことは涼舜に任せておくか」

再度目を閉じようとした月凜は、はて——と思って眉を寄せる。何故に虫の息の雪花がこのようにはきはきと応えるのか。もしやすでに、二人は冥界の人なのか。

「……旦那様、以前私は、子を産むために山を下りたと言うたことがあったな」

「ああ、聞いた」

「兄たちと共に夜盗に襲われた時、生きたまま河に投げ込まれた私は、本来ならばその時死んでおったのだ。しかしそれを三神山の師父に救われた」

「ほう、そのような珍奇な者が、たまたま通りかかったのか」

「そうではない。仙界の者たちは常に——今この時も、地上の変異に意識を傾けておられるのだ。ただ、絶対に手は出さない。それは神域を破ることになるからだ」

「それが何故にお前を助けた」

「……何故であろうな。師父は私が、地上で三つの試練を果たすために人に転生したのだと言うておった。その上で、地上に救いをもたらすための役目も担っているのだと」

「救い……？」

「私は国母になる定めなのだ、旦那様」

意味が分からず眉をひそめる月凛を、雪花は晴れ晴れとした笑顔で振り仰いだ。

「私と旦那様の息子が、やがては稜の国主となり、この乱世を鎮めるのであろう。それが天意である限り、私は絶対に死にはせぬ。旦那様が死ねば私も死ぬ。その覚悟がおそらくは天に通じたのであろう」

視界に映る景色が次第に白く、眩しくなり、月凛は思わず目をつむる。何かに守られている気がするが、その正体が分からない。そしてその何かを——ひどく遠い昔に、よく知っていたような気がするのだが、それもむろん思い出せない。

ただ、自分も妻も、まだ死んでいるわけではなさそうだ。

「よう分からぬ話だな。雪花、結局お前の師父とは何者なのだ」

「……さぁ、私にもよう分からぬ」

——とは、後に中大陸を統一する『西(さい)』の国祖、月凛と雪花の物語である。

幾世にもわたって、戯曲にも絵画にもなって語り継がれた二人の物語の、その一説だ。

凶王が死んでから十月後に雪花が産み落とした男子は、弧龍羽と名付けられ、十七歳で稜から独立した西梁の王になった。

さらにはその五年後、二十二歳で帝を倒して稜を西梁に統合、国名を『西』と改めるや、胡を始めとする周辺の列国を次々と配下に収め、四十六歳で中大陸の砂漠から東の覇者となったのである。

龍羽が西梁王になったと同時に、表舞台から姿を消した月凜と雪花については諸説ある。二人の命は、龍羽が加冠するまでの借り物で、その役目が終わったために消えたのだという説もあり、そもそも二人は人に転生した天族であったのではないかという説もある。

不老不死の命を持つ天族は、時に試練を受けるために有限の命を持つ人に転生し、再び天に還っていくと信じられていたためだ。

そう思うほどに月凜の美貌は人の世にあらざらぬものであったし、数多くの信じがたい英雄伝を残した雪花にしても同じであった。

特に南央山の戦いと、胡に単身乗り込んで月凜を奪い返した戦いが有名で、その折、天族の騎士団が雪花を助けたのではないかと言われているが、全ては伝説の中である。

涼舜は西の大将軍となり、八十二歳で病死するまで、龍羽の忠臣であり続けた。

没する間際、枕元につきそう龍羽に、「涼舜、安らいであの世へ行け。きっと父も母もお前を待っておろう」と声をかけられた時、

「月凜様と央殿ならば、今も三神山で碁を打っておりまする」

涼舜は懐かしむように微笑んでこう答えたという。

ティアラ文庫溺愛アンソロジー⑥
ギャップ萌え！

ティアラ文庫をお買いあげいただき、ありがとうございます。
この作品を読んでのご意見・ご感想をお待ちしております。

✦ ファンレターの宛先 ✦
〒102-0072　東京都千代田区飯田橋3-3-1
プランタン出版　ティアラ文庫編集部気付
アンソロジー〇〇先生係

ティアラ文庫&オパール文庫Webサイト『L'ecrin』
https://www.l-ecrin.jp/

著者――宇奈月 香（うなづき こう）　水戸 泉（みと いずみ）
川奈あめ（かわな あめ）　イチニ
石田 累（いしだ るい）
表紙――八美☆わん（はちぴす わん）
挿絵――コトハ　駒田ハチ（こまだ はち）　史歩（しほ）
発行――プランタン出版
発売――フランス書院
〒102-0072　東京都千代田区飯田橋3-3-1
電話（営業）03-5226-5744
（編集）03-5226-5742
印刷――誠宏印刷
製本――若林製本工場

ISBN978-4-8296-6933-4 C0193

ティアラ文庫
溺愛アンソロジー④
愛欲
覚醒
愛欲覚醒
Aiyoku Kakusei
最上の
濡れ甘ラブ
6編!
沢城利穂
せらひなこ
蘇我空木
永谷圓さくら
なつきしずる
桜しんり
Illustration
駒田ハチ
池上紗京
駒城ミチヲ
炎かりよ
.Ruki
抱かれるほどに、もっともっと欲しくなる。
最上の濡れ甘ラブ6編!
好きな人に触れられて、秘めた官能が花開く。
無垢な身体が快楽に染め上げられる、
絶品ラブ&エロスなアンソロジー!!

ティアラ文庫
Tiara Label

Tia6907

♥ 好評発売中! ♥

原稿大募集

ティアラ文庫では、乙女のためのエンターテイメント小説を募集しております。
優秀な作品は当社より文庫として刊行いたします。
また、将来性のある方には編集者が担当につき、デビューまでご指導します。

募集作品

H描写のある乙女向けのオリジナル小説（二次創作は不可）。
商業誌未発表であれば同人誌・インターネット等で発表済みの作品でも結構です。

応募資格

年齢・性別は問いません。アマチュアの方はもちろん、
他誌掲載経験者やシナリオ経験者などプロも歓迎。
（応募の秘密は厳守いたします）

応募規定

☆枚数は400字詰め原稿用紙換算200枚～400枚
☆タイトル・氏名（ペンネーム）・郵便番号・住所・年齢・職業・電話番号・
　メールアドレスを明記した別紙を添付してください。
　また他の商業メディアで小説・シナリオ等の経験がある方は、
　手がけた作品を明記してください。
☆400～800字程度のあらすじを書いた別紙を添付してください。
☆必ず印刷したものをお送りください。
　CD-Rなどデータのみの投稿はお断りいたします。

注意事項

☆原稿は返却いたしません。あらかじめご了承ください。
☆応募方法は郵送に限ります。
☆採用された方のみ担当者よりご連絡いたします。

原稿送り先

〒102-0072　東京都千代田区飯田橋3-3-1
プランタン出版「ティアラ文庫・作品募集」係

お問い合わせ先

03-5226-5742　　プランタン出版編集部